L’étreinte d’un Sicilien

CLARE CONNELLY

L’étreinte d’un Sicilien

Traduction française de
MARIE BACHÉ

AZUR

HARLEQUIN

Collection : Azur

Titre original :
THE SICILIAN'S DEAL FOR «I DO»

HARPERCOLLINS FRANCE
83-85, boulevard Vincent-Auriol, 75646 PARIS CEDEX 13
Service Clients — www.harlequin.fr
ISBN 978-2-2805-1245-9 — ISSN 0993-4448

Édité par HarperCollins France.
Composition et mise en pages Nord Compo.
Imprimé en décembre 2024 par CPI Black Print (Barcelone)
en utilisant 100% d'électricité renouvelable.
Dépôt légal : janvier 2025.

FSC
www.fsc.org
MIXTE
Papier issu de sources responsables
FSC® C159065

Pour limiter l'empreinte environnementale de ses livres, HarperCollins France s'engage à n'utiliser que du papier fabriqué à partir de bois provenant de forêts gérées durablement et de manière responsable.

Prologue

Douze mois auparavant

Sous la fenêtre de la chapelle nichée dans le cœur de la vieille ville de Palerme, le monde continuait à tourner. Les enfants gambadaient sur la petite place baignée de soleil, un cornet de glace à la main, suivis de leurs parents qui leur lançaient des regards éperdus d'amour.

Mia observa un garçon d'environ neuf ans qui s'était caché derrière un mur en souriant. Il attendit que sa petite sœur s'approche pour lui sauter dessus en criant. À travers la vitre, Mia ne pouvait discerner les paroles qu'ils échangeaient, mais elle les vit éclater de rire et, malgré son stress, elle ne put réprimer un sourire.

— Il a dû être retardé, voilà tout.

En entendant sa mère, Mia tourna le dos à cette scène joyeuse pour reporter son attention sur la pièce attenante à la chapelle.

Elle croisa son reflet dans un miroir ancien. Celui-ci la déformait légèrement mais, après tout, quelle importance ? Elle n'avait pas besoin d'y voir clair pour comprendre à quel point cette situation était ridicule.

Comment avait-elle pu croire que cela arriverait ?

Qu'aujourd'hui serait le jour de son mariage et que Luca Cavallaro l'épouserait *réellement* ?

Des flashs de leurs brèves et fulgurantes rencontres défilèrent devant ses yeux. La perplexité qui s'était emparée d'elle à l'idée de cette union, l'explication de ses parents selon laquelle c'était ce qu'il y avait de mieux à faire, et puis Luca qui l'avait fait chavirer dès l'instant où son regard noir s'était posé sur elle.

Chaque fois qu'ils avaient été ensemble, Mia avait ressenti ce même vertige. Lorsqu'ils s'étaient touchés – un simple frôlement de la main – elle avait eu le sentiment qu'un feu d'artifice explosait en elle. Et leur baiser, cet unique baiser sauvage et passionné, lui brûlait encore les lèvres, une semaine plus tard.

Les larmes affleurèrent à ses yeux mais elle prit une grande inspiration. Hors de question de se mettre à pleurer. Pas ici. Pas maintenant. Et certainement pas en face de ses parents qui la contemplaient avec une expression agacée. Le pire, c'est qu'ils ne semblaient même pas surpris. Comme s'ils s'étaient attendus à ce qu'elle les déçoive.

— Que lui as-tu dit ? demanda Jennifer Marini, les bras croisés sur sa silhouette élancée. Tu étais seule avec lui près de la voiture, l'autre soir. Que s'est-il passé ?

Contrairement à Mia, Jennifer était grande et svelte – une différence qu'elle ne manquait jamais de souligner, car Mia avait cessé de grandir à un peu plus d'un mètre cinquante et elle avait développé des courbes luxuriantes. « Exactement comme ta mère », lui reprochait souvent Jennifer, comme si le fait de ressembler à la femme qui lui avait donné naissance était une tare.

Mia contempla sa robe en mousseline blanche et sa coiffure ridicule. Depuis l'aube, elle s'était soumise à une armada de stylistes qui l'avaient apprêtée, maquillée et coiffée pour lui donner l'apparence d'une mariée de magazines.

Malgré leurs efforts, Mia ne put s'empêcher de penser que ce n'était pas son meilleur look. Elle ne se faisait pas d'illusions sur sa beauté. Non pas qu'elle fût vilaine, mais elle raffolait beaucoup trop des pâtes et n'appréciait pas particulièrement faire du sport. Jamais elle ne serait mince comme sa mère adoptive et, d'ailleurs, elle n'y tenait pas. Mia avait toujours associé la sévérité et le manque de joie de vivre de Jennifer à ses régimes restrictifs.

— Alors ? insista celle-ci d'un ton impatient.

— Je... rien, répondit rapidement Mia.

— Tout se passait à merveille, déclara Jennifer en tambourinant avec ses ongles vernis sur son sac à main. Tu as forcément dit quelque chose.

— Je ne lui ai pas parlé depuis une semaine, protesta Mia.

Cela semblait sans doute étrange de ne pas échanger avec son fiancé pendant si longtemps, mais leur situation n'avait rien de classique. Car ce n'était pas un mariage d'amour. Du moins, pas pour Luca Cavallaro. Mia fronça les sourcils et son cœur s'emballa dans sa poitrine tandis que le souvenir de leur première rencontre lui revenait en mémoire. Leurs regards s'étaient croisés et elle avait senti naître en elle quelque chose dont elle n'avait jamais soupçonné l'existence.

Si Mia n'était pas particulièrement gâtée par la nature, il en était autrement de Luca qui était tout simplement stupéfiant de beauté. Grand, athlétique et puissant, il avait posé les yeux sur elle et elle avait été prise de vertige à l'idée que cet homme puisse devenir un jour son mari.

Ensuite, ils s'étaient à peine croisés, toujours en présence de ses parents. Les conversations avaient généralement porté sur les conditions de leur transaction : la vente de la société familiale du père de Mia à Luca Cavallaro, dont la fortune s'élevait à plusieurs milliards de dollars.

Mais il y avait eu ce baiser le dernier soir quand, alors que Luca prenait congé, Jennifer avait lourdement insisté pour que Mia le raccompagne jusqu'à sa voiture.

La lune brillait haut dans le ciel et, alors qu'elle se demandait ce qu'elle pourrait bien lui dire, Luca l'avait attirée dans ses bras. Il l'avait fixée un long moment en fronçant les sourcils, puis il l'avait embrassée, comme si c'était la chose la plus naturelle au monde.

Mia pensait que, comme dans les films, leur baiser durerait

trois secondes, mais les lèvres de Luca s'étaient attardées sur les siennes et elle avait perdu la notion du temps. Un plaisir intense l'avait submergée et elle n'avait pu réprimer un gémissement. Pour la première fois depuis la mort de ses parents, elle avait eu l'étrange sensation d'être exactement où elle devait être.

Puis Luca avait resserré son emprise et il avait approfondi son baiser, fouillant sa bouche avec passion jusqu'à ce qu'elle tremble de bonheur entre ses bras. Alors, il s'était écarté et l'avait fixée, une fois de plus.

Était-ce de la surprise qui s'était affichée sur les traits de son visage ? C'est ce que Mia avait pensé sur le moment mais, avec le recul, elle se demandait si ce n'était pas tout simplement de l'ennui. Ou pire, du dégoût. Comment le savoir dans la mesure où elle n'avait aucune expérience ?

Cela s'était passé une semaine avant la date prévue pour le mariage et, depuis, ils ne s'étaient plus vus ni parlé. Mais elle n'avait aucune raison de douter de Luca.

Au contraire, ce baiser envoûtant ne pouvait qu'avoir renforcé ses intentions à son égard.

Elle faillit éclater en sanglots en pensant aux rêves qui l'avaient tenue éveillée la nuit, le corps brûlant.

Quand ses parents lui avaient parlé du mariage la première fois, elle avait hésité. Ils voulaient s'assurer qu'un Marini continue à travailler dans l'entreprise familiale et, surtout, que Mia soit prise en charge, une fois qu'ils se seraient séparés d'un bien d'une aussi grande valeur.

Puis très vite, elle s'était faite à l'idée.

Celle de ne plus être une Marini, ce qu'elle n'avait jamais vraiment ressenti comme tel. Ne plus être seule. Et devenir l'épouse de Luca Cavallaro. Au-delà de sa beauté physique, il était riche et puissant, mais surtout, ils auraient des enfants, et cette seule perspective avait suffi à la convaincre d'adhérer au projet. Car avoir une famille à elle était son souhait le plus cher depuis qu'elle était orpheline.

— Il est probablement en retard, murmura Mia pour tenter de se rassurer.

— À son propre mariage ? répliqua Jennifer en posant une main manucurée sur sa hanche. C'est lui qui est censé t'attendre, Mia. Pas l'inverse.

Gianni Marini secoua la tête, et son visage rond afficha l'expression d'une impatience évidente.

Le cœur de Mia fit un bond. Avait-elle fait quelque chose de travers ? Et si Luca avait détesté leur baiser ?

Elle se tourna à nouveau vers la fenêtre, espérant retrouver le spectacle apaisant des enfants qui jouaient, mais il n'y avait plus personne. Seule la lumière dansait sur le grand arbre au centre de la place.

Mia avait toujours aimé la lumière de Palerme. Elle avait détesté la quitter pour la grisaille anglaise mais Jennifer avait insisté pour que sa fille fasse ses études à Londres, alors elle n'avait guère eu le choix. Le soleil et la mer lui avaient terriblement manqué.

— Oh ! mon Dieu !

La voix aiguë de Jennifer résonna dans la petite pièce et Mia ferma les yeux sans se retourner. Elle avait gardé espoir jusqu'au dernier moment, se souvenant du regard de Luca, absolument certaine que quelqu'un doté d'aussi beaux yeux ne pourrait jamais agir de manière si cruelle. Mais au fond, elle l'avait pressenti.

— Qu'y a-t-il ? demanda Gianni d'un ton irrité.

— Il ne viendra pas.

— Comment le sais-tu ? insista son mari.

— Le monde entier est au courant, s'emporta Jennifer. Regarde, ajouta-t-elle en lui tendant son smartphone.

Dos à la pièce, Mia gardait les yeux clos, le souffle coupé malgré les battements désordonnés de son cœur.

Gianni lut l'article à voix haute.

— « Le marié est en fuite, commença-t-il. Il semble que Luca Cavallaro ait préféré l'idée d'une piste d'aéroport à celle d'une allée d'église. Le milliardaire a été aperçu hier soir quittant l'Italie alors qu'il devait épouser aujourd'hui Mia Marini, la fille du magnat de l'acier Gianni Marini. Y aurait-il du rififi au paradis des fusions d'entreprises ? Affaire à suivre. »

Mia gémit en entendant les derniers mots car elle comprenait qu'aux yeux du monde cette histoire n'était qu'une question de business. Ce qui était le cas, d'ailleurs. Comment avait-elle pu croire qu'un homme comme Luca puisse vouloir l'épouser pour ce qu'elle était ?

Une larme unique coula le long de sa joue.

— Il est parti *hier soir* ! aboya Jennifer, la voix tremblante de rage. Et il n'a même pas eu la décence de nous prévenir. Après tout le mal que nous nous sommes donné, il nous insulte publiquement. Comment a-t-il pu nous faire ça, Gianni ?

« *Vous* faire ça ? » faillit crier Mia. C'est elle qui portait cette robe ridicule, cette coiffure absurde et ce maquillage exagéré. Soudain, elle eut le sentiment d'étouffer. Elle n'arrivait plus à respirer et des étoiles dansèrent devant ses yeux. Elle se tourna vers ses parents sans les voir, puis repéra une petite porte, qui menait à la chapelle.

— Je dois y aller, parvint-elle à articuler.

— Aller où, Mia ? s'exclama Jennifer.

— Dehors. N'importe où. Je n'arrive plus à respirer.

— Ne fais pas ça ! s'écria sa mère.

Trop tard. Mia fit irruption dans la chapelle et se retrouva face à une foule de gens, avides d'assister à ce spectacle. La plupart avaient leur téléphone portable à la main mais, quand elle apparut, tous les regards se posèrent sur elle. Certains étaient empreints de pitié, d'autres d'une joie mauvaise. Mia n'y prêta guère attention. Elle longea l'église sur le côté, passant devant les invités qui n'avaient pas trouvé où s'asseoir, puis elle ouvrit les lourdes portes en bois et le soleil de Palerme la baigna d'une lumière bienfaisante. Elle ferma les yeux une seconde, comme pour s'imprégner de sa force, puis elle descendit les quelques marches en pierre qui menaient à la place, qu'elle traversa en courant, heurtant au passage un enfant qui étala sa glace à la fraise sur son horrible robe blanche.

Alors, elle s'immobilisa et, levant la tête vers le ciel, elle éclata de rire, le visage couvert de larmes.

Car, en cet instant, il lui sembla qu'il n'y avait rien d'autre à faire.

1

Depuis un an, pas un jour ne s'était écoulé sans que Luca Cavallaro ne soit convaincu d'avoir fait le bon choix. Il lui suffisait de penser aux Marini pour être empli de dégoût et de colère.

Ils lui avaient menti.

Ils avaient voulu lui vendre une entreprise sans valeur, au moyen d'une comptabilité opaque et de déclarations falsifiées. Et ils avaient tenté de l'unir en mariage à leur fille. Le pire, c'est que Luca avait été à deux doigts d'accepter, lui qui s'était toujours juré de ne jamais se marier ni aimer quiconque.

Pas après avoir vu ce que l'amour pouvait faire de quelqu'un.

Encore une fois, il se répéta qu'il ne s'agissait pas d'amour, mais d'une transaction qui aurait beaucoup compté à ses yeux. Luca serra les dents en se rappelant ce qu'il avait ressenti en apprenant que l'entreprise Marini était à vendre... la société que son père avait toujours convoitée sans jamais réussir à l'obtenir. Luca s'était dit alors qu'il ne reculerait devant rien pour la posséder. Pas pour gagner l'approbation de son père dont il se souciait peu, mais parce que la victoire lui importait avant tout. Et s'il pouvait infliger une défaite au vieil homme par la même occasion, c'était encore mieux.

Il avait donc accepté cette union et il avait même commencé à savourer l'idée d'épouser Mia Marini. Ce ne serait pas un mariage d'amour, bien entendu, juste un arrangement, mais celui-ci comporterait des avantages certains. Comme celui d'avoir la jeune femme dans son lit.

Puis il avait appris la vérité : les Marini tentaient de l'escroquer. L'entreprise pour laquelle son père s'était battu bec et ongles dix ans auparavant n'avait quasiment plus aucune valeur. Le vieux Marini prenait-il vraiment Luca pour un imbécile ?

Après avoir minutieusement examiné les comptes de la société, ses experts-comptables avaient fini par découvrir la fraude. L'entreprise était au bord de la faillite. Grâce à un système astucieux de sociétés écrans et de trusts, Gianni avait créé l'illusion de la faire apparaître rentable et prospère. Tout cela dans le but d'attirer un acheteur. Mais ce n'était qu'une façade.

Tout comme Mia.

Une bouffée de colère gagna Luca à cette évocation.

Au-delà de la question de l'argent, ils l'avaient pris pour un idiot. Les Marini ne l'auraient pas ruiné – Luca était trop riche pour cela – mais il aurait été publiquement humilié et son père l'aurait forcément appris.

Alors, il leur avait tourné le dos sans un regard.

Et pourtant...

Sous le soleil chaud de l'après-midi, debout au bord de sa piscine, Luca se saisit une nouvelle fois du journal. Ses yeux se posèrent aussitôt sur la photo qui illustrait l'article qu'il venait de lire. Une photo de Mia, souriante, à côté d'un homme que Luca avait rencontré à quelques reprises.

Lorenzo di Angelo avait hérité de l'entreprise textile de ses parents, basée à Milan. Ces dernières années, il l'avait largement développée, ouvrant des marchés importants avec le sud du pays et, plus largement, l'Europe. Luca avait observé sa progression avec intérêt, comme il le faisait pour tous les entrepreneurs à succès dans le monde.

Gianni avait donc trouvé un nouveau pigeon.

Et Mia participait à la fraude, en appât consentant.

Mia Marini, de nouveau fiancée !

Même si Luca ne regrettait pas un instant d'avoir renoncé à leur accord, une oppression naquit au sein de sa poitrine, sans qu'il puisse l'expliquer. Mia avait suivi les directives de ses parents. Elle travaillait au sein de l'entreprise. Elle était donc forcément complice de leurs mensonges. Et pourtant, un an auparavant, la couverture médiatique de leur mariage raté s'était concentrée sur elle, uniquement. Abandonnée. Délaissée. Luca se remémora la photo qui avait été prise d'elle sur cette place. Sa robe couverte de crème glacée, aux côtés d'un enfant qui la regardait avec émerveillement, elle fixait le ciel, le visage baigné de larmes et les lèvres entrouvertes.

Une flamme de honte l'avait brûlé, alors même qu'il savait avoir pris la bonne décision. Car Mia le méritait. Ensuite, il avait ignoré les appels de son père – comme si Carrick Stone avait le droit de faire la leçon à Luca sur n'importe quel sujet – et de son demi-frère Max. Malgré l'affection et le respect qu'il portait à ce dernier, Luca n'avait pas eu le courage de répondre à ses questions sur la famille Marini ou le fait qu'il ait abandonné sa fiancée, la laissant se débrouiller seule.

Après tout, c'était de bonne guerre, n'est-ce pas ?

Mia avait accepté les tromperies de ses parents. Elle aurait pu lui avouer la vérité ce soir-là, près de sa voiture, mais elle ne l'avait pas fait. Leur baiser... Luca ferma les yeux à l'évocation de ce souvenir et le plaisir vibra dans son corps d'une manière qui avait encore le pouvoir de le secouer, un an après. Qu'avait-il cru ? Qu'en l'embrassant comme elle l'avait fait la jeune femme lui avait ouvert les portes de son âme ? Que le désir qui explosait entre eux était si puissant qu'elle se montrait forcément honnête avec lui ?

Non. L'enjeu était trop important. Mia était un élément consentant de cette escroquerie. Elle avait été prête à se vendre, à épouser un homme qu'elle ne connaissait pas, tout cela pour sauver une entreprise sans valeur.

C'est ce qui faisait d'elle la plus coupable de tous.

Après le fiasco de son dernier mariage, Mia Marini retente sa chance, cette fois auprès du fils aîné des di Angelo, réunissant ainsi deux des familles les plus illustres d'Italie.

Eh bien, tant mieux pour Mia. Elle était parvenue à leurrer un autre que lui.

Luca posa le journal sur la table et s'approcha de la piscine. Il contempla l'eau cristalline et, au-delà, la mer qui s'étendait à perte de vue.

Au début, la jeune femme lui avait paru belle, sans plus.

Puis il l'avait embrassée et, alors, l'étincelle de désir s'était transformée en quelque chose de bien plus puissant.

Il s'en était fallu de peu qu'il l'emmène dans sa voiture, loin de ses parents, jusqu'à un lit confortable où il lui aurait fait l'amour toute la nuit. Où il l'aurait entendue gémir comme elle l'avait fait pendant leur baiser. Où elle aurait crié son nom, submergée de plaisir.

Luca n'avait pas besoin de regarder à nouveau l'article pour contempler sa photo. L'image de Mia était restée gravée dans sa mémoire telle qu'elle était ce soir-là, baignée par le clair de lune.

Il plongea dans la piscine tandis qu'une résolution prenait forme dans son esprit. Moins une résolution que la nécessité de posséder ce qui avait été un jour à lui. Ou qui aurait dû l'être.

Il était parti parce qu'il était en colère contre Mia. Furieux qu'elle lui ait menti avant de l'embrasser de cette manière.

Il était toujours en colère.

Mais le sang sicilien qui coulait dans ses veines exigeait à présent ce contre quoi il ne pouvait plus lutter : avant que Mia ne se vende à un autre pour sauver son empire familial en ruines, elle serait à lui. Entièrement à lui, comme elle l'avait promis lors de leurs fiançailles et comme son corps l'avait prouvé cette nuit-là, lorsqu'ils s'étaient embrassés au clair de lune.

Une flamme était née entre eux, urgente, intense. Il l'avait ignorée jusqu'à aujourd'hui, mais maintenant Mia était sur le point d'épouser un autre homme. Alors, il perdrait à jamais la possibilité d'assouvir ce désir.

Luca fendit l'eau cristalline, plus déterminé que jamais.

Le bal battait son plein. Chaque année, la famille Marini organisait cet événement – une collecte de fonds pour leur association caritative – et il suffisait de voir le nombre de célébrités présentes ce soir pour deviner que cette édition était une réussite. Pourtant, perdue au milieu de la foule bruyante, Mia se sentait plus seule que jamais. Malgré l'annonce récente de ses fiançailles et les déclarations d'amour de ses parents à son égard, elle avait le sentiment d'être victime d'un mensonge élaboré de toutes pièces. Elle épousait un homme qu'elle connaissait à peine et qui lui avait clairement fait comprendre qu'il avait l'intention d'enchaîner les liaisons jusqu'à leur mariage. Non pas que cela la dérange. Elle ne se faisait aucune illusion sur leur union.

Mia avait été élevée par des parents qui l'avaient accueillie par devoir envers sa mère biologique – l'amie d'enfance de Jennifer – et qu'elle avait eu le sentiment de décevoir de plus en plus à mesure qu'elle grandissait. Au fond d'elle, Mia ne doutait pas de l'amour des Marini, mais elle devait reconnaître qu'elle n'avait pas eu une enfance heureuse. Aujourd'hui encore, les ombres de ces années douloureuses planaient sur sa vie et brouillaient sa vision des choses.

Mia était très jeune à la mort de ses parents, mais les quelques souvenirs de leur bonheur étaient restés gravés dans son âme. Était-ce surprenant que son plus grand rêve soit celui de fonder sa propre famille ? D'avoir des enfants qu'elle pourrait adorer librement, gâter, et auxquels elle consacrerait tout son amour ?

— Je pensais qu'ils seraient là, siffla Jennifer, les dents serrées, en fixant Gianni. Que font-ils ?

Debout à côté d'eux dans la salle bondée, Mia se pencha légèrement pour entendre la réponse de son père.

— Ne t'inquiète pas, ma chérie, ils vont arriver. Tout va bien se passer. C'est différent, cette fois.

Mia ferma brièvement les yeux. Ses parents faisaient allusion aux di Angelo, bien sûr. Elle ressentit un pincement d'inquiétude à l'idée que sa deuxième tentative de mariage connaisse le même sort que la première. Non. C'était impossible. Lorenzo n'avait rien à voir avec Luca. Alors que dans les yeux impitoyables de ce dernier brillaient une détermination fougueuse et un sex-appeal indéniable, son nouveau fiancé était aussi froid et méthodique qu'un reptile. De plus, Mia ne semblait pas l'attirer le moins du monde, ce qui lui convenait parfaitement.

— Ils savent à quel point cette soirée est importante pour nous, insista Jennifer d'un ton brusque. Les médias vont se demander si…

— Les médias n'ont aucune importance, coupa son mari. Maintenant, cesse de t'inquiéter et souris. Les gens nous regardent.

On les observait, en effet, et Mia jeta un coup d'œil par-dessus son épaule sans pouvoir réprimer un frisson.

— Veuillez m'excuser, déclara-t-elle à ses parents.

— Où vas-tu ?

— Prendre l'air, répondit-elle en souriant à son père. Je reviens vite.

Jennifer eut une moue désapprobatrice mais Mia, qui avait renoncé depuis longtemps à comprendre ce qui contrariait autant sa mère adoptive, se glissa dans la foule avant que cette dernière ne puisse protester.

Elle saisit une coupe de champagne sur un plateau, puis elle se fraya un chemin parmi les invités, hochant poliment la tête lorsqu'elle croisait une connaissance, jusqu'à atteindre les portes qui menaient au toit-terrasse. La nuit était chaude et il n'y avait pas là autant d'intimité que Mia l'aurait souhaité mais, Dieu merci, elle trouva un coin isolé où il n'y avait personne. Elle prit place dans un fauteuil et enleva ses stilettos avant de se pencher pour masser doucement ses chevilles endolories. Les guirlandes lumineuses accrochées d'un bout à l'autre de la terrasse et les plantes disposées dans de grands pots conféraient une atmosphère magique à ce lieu perché dans le ciel de Palerme. Dissimulée par deux massifs de fougères, Mia entendait les conversations joyeuses tourbillonner autour d'elle, sans être dérangée.

Quand sa coupe de champagne fut à moitié terminée, elle remit ses chaussures à contrecœur. Combien de temps allait-elle pouvoir encore se cacher ici ? Jennifer devait être en train de babiller, profitant de l'attention d'amis aussi riches que distingués, ce qui signifiait que Mia pouvait au moins finir son verre tranquillement.

Elle s'adossa à son fauteuil et respira profondément en fermant les yeux. Prenait-elle les bonnes décisions ? Pourquoi était-elle sans cesse assaillie de doutes ? Si ses parents avaient vécu, qu'auraient-ils pensé de ce mariage ?

Le sourire de Mia se transforma en grimace, puis elle soupira avant de boire une gorgée de champagne.

Si ses parents n'étaient pas morts, jamais elle ne se serait retrouvée dans une telle situation, forcée d'échapper à l'amour protecteur et étouffant de Jennifer et Gianni. Malgré tous ses efforts, jamais elle ne parviendrait à se montrer à la hauteur de leurs attentes.

Pourtant, dans le fond, Mia savait à quel point c'était stupide de sa part. Si elle avait été parfaitement sincère, elle leur aurait avoué qu'elle n'avait aucune envie de se marier à un inconnu, sous prétexte de conserver un intérêt dans l'entreprise Marini. Mais la petite fille qui avait été récupérée dans un orphelinat et à qui on avait répété toute sa vie à quel point elle avait eu de la chance ne pouvait tout simplement pas contrecarrer les projets de ses bienfaiteurs. Dans le meilleur des cas, elle ferait en sorte que ceux-ci s'accordent avec ses souhaits personnels.

En épousant Lorenzo, peut-être y arriverait-elle…

Mia soupira à nouveau en portant son verre à ses lèvres, puis elle jeta un coup d'œil vers la gauche car un mouvement avait attiré son attention.

Son cœur fit un bond et elle se redressa brusquement, renversant au passage un peu de champagne.

— *Luca ?* murmura-t-elle d'une voix incrédule en clignant des yeux, comme si elle pensait être victime d'une illusion.

Mais alors, Luca Cavallaro esquissa ce sourire dont elle se souvenait si bien, mi-cynique, mi-séducteur, et elle eut le sentiment que tout son corps s'embrasait.

— Que faites-vous ici ? reprit-elle en secouant la tête pour recouvrer ses esprits.

— C'est une soirée caritative. J'ai acheté un billet.

— Vous avez acheté un billet, répéta Mia, légèrement confuse. Mais... pourquoi ?

Luca haussa les épaules d'un air désinvolte.

— Pourquoi pas ? J'en ai les moyens.

— Mais ce sont *mes parents* qui l'organisent, s'exclama-t-elle.

— Et alors ?

Ses lèvres s'entrouvrirent sous l'effet de l'indignation.

— Vous ne devriez pas être là !

Il lui retourna un regard si tranquille qu'elle fut certaine qu'il jouait la comédie. Ou alors, cela signifiait qu'il se moquait totalement de la façon dont il l'avait humiliée. Quel toupet d'apparaître ainsi, vêtu d'un smoking qui le rendait encore plus beau ! Comment osait-il ? Mia serra les dents et lui lança un regard furieux.

— Je suis sérieuse, Luca. Vous devriez vous en aller.

Au lieu de cela, il fit un pas vers elle et elle retint son souffle.

— Pourquoi ? demanda-t-il.

Mia le dévisagea, à court de mots, puis elle finit par secouer la tête d'un air désolé.

— N'est-ce pas évident ?

— Pas pour moi.

— Vous... vous m'avez abandonnée le jour de notre mariage !

s'écria-t-elle avant de regarder rapidement autour d'elle pour être sûre que personne ne l'avait entendue.

Elle prit une grande inspiration. C'était arrivé un an auparavant et, depuis, elle était différente. Cette épreuve l'avait rendue plus forte, plus sensée. De l'extérieur, cela ne se voyait probablement pas – après tout, Mia s'apprêtait à contracter un nouveau mariage arrangé – mais, cette fois, elle avait les yeux grands ouverts. Cette union se ferait selon ses propres conditions.

— C'est vrai, admit Luca en faisant un autre pas vers elle. Mais cela ne veut pas dire que je n'ai pas pensé à vous.

Mia entrouvrit les lèvres, stupéfaite, tandis qu'un éclair de désir la traversait. Il mentait. Forcément. Elle reposa brusquement sa coupe vide sur une table voisine.

— Oh ? Et avez-vous pensé aussi à l'ordure que vous êtes ?

Luca plissa les yeux imperceptiblement.

— Non. Plutôt aux opportunités gâchées, répondit-il à voix basse en continuant à s'approcher, si bien qu'elle sentit les effluves de son après-rasage et qu'elle ne put réprimer un frisson. J'ai beaucoup songé à cette nuit-là, ajouta-t-il.

— Quelle nuit ? murmura Mia d'une voix étranglée en reculant jusqu'à ce que son dos heurte le mur en pierres de la terrasse.

Mais alors, il s'avança plus près et elle se retrouva coincée sans aucun moyen de s'échapper. Elle détourna les yeux, troublée. Il était si grand et puissant par rapport à elle. Pourtant, elle savait que, si elle exigeait de lui qu'il s'écarte, Luca le ferait aussitôt.

Alors pourquoi en était-elle incapable ?

Elle sentit ses jambes vaciller et dut fournir un effort monumental pour soutenir son regard.

— Avez-vous besoin d'un rappel ? demanda-t-il en baissant les yeux vers ses lèvres.

Mia crut que son cœur allait exploser dans sa poitrine.

— Non merci, dit-elle rapidement.

Il esquissa un sourire diabolique.

— En êtes-vous sûre ?

Soudain, elle eut l'impression que l'air entre eux était chargé d'électricité. La tension était telle qu'elle fut incapable de prononcer la moindre parole.

— Ou bien préférez-vous que je vous embrasse, Mia ?

Un bourdonnement sourd retentit dans ses oreilles. Que se passait-il ? Pourquoi diable Luca était-il ici et lui proposait-il cela ? Maintenant ? Elle tenta de mettre ses idées au clair. En vain. Son esprit était comme paralysé.

— Vous ne pouvez pas, gémit-elle.

Quelque chose se fraya un chemin jusqu'au premier plan de sa conscience. Un événement important auquel elle devait se raccrocher. Elle leva une main vers Luca pour le repousser et, alors, elle aperçut sa bague de fiançailles et se souvint de quoi il s'agissait. Elle était fiancée.

Bien sûr, ce n'était pas un mariage d'amour. Néanmoins, en cet instant précis, la possibilité qu'on les surprenne lui glaça le sang.

— Je ne peux pas, reprit Mia d'une voix qu'elle espéra suffisamment ferme. Je vais me marier, Luca. Pour de vrai, cette fois.

Il plongea ses yeux dans les siens et elle crut se noyer dans la profondeur de son regard.

— Mais vous ne l'êtes pas encore, n'est-ce pas ?

Elle s'efforça de calmer le rythme de sa respiration.

— Je... que voulez-vous ?

— Êtes-vous sûre de vouloir connaître la réponse ?

Mia ferma les paupières, submergée par une vague d'émotions incontrôlables. Puis elle hocha doucement la tête. Luca posa alors un doigt sous son menton pour qu'elle relève son visage vers lui.

— J'ai une proposition à vous faire.

Son cœur se serra dans sa poitrine.

— Pour être tout à fait honnête, je ne suis pas encore remise du dernier accord que nous avions conclu.

Luca lui adressa regard dévastateur et elle eut le sentiment de se consumer sur place.

— Je veux que vous veniez chez moi.

Mia crut que le sol allait se dérober sous ses pieds.

— Quoi ?

— Une nuit.

Elle scruta le visage de Luca, à la recherche d'un signe montrant qu'il plaisantait, mais elle lut un désir si intense dans son regard qu'elle se mit à respirer plus vite. Car c'est exactement ainsi qu'il l'avait regardée cette nuit-là, près de sa voiture.

— Je ne peux pas, fit-elle d'une voix désespérée.

Luca était à l'opposé de tout ce qu'elle voulait et, pourtant, il l'attirait irrésistiblement. Mais il était dangereux. Beaucoup trop dangereux pour Mia qui avait subi assez d'humiliations et de souffrances au cours de sa vie.

— Même pas en souvenir du bon vieux temps ? insista-t-il avec douceur.

— Il n'y a pas eu de bon vieux temps ! siffla-t-elle, furieuse. Seulement un moment furtif et sans intérêt à côté de votre voiture.

Elle savait que, avec un homme comme Luca, sa remarque allait faire mouche. Il esquissa un sourire mais elle vit danser une flamme sombre au fond de ses yeux.

— *Sans intérêt* ? répéta-t-il en penchant la tête vers elle, et alors Mia comprit qu'elle avait tout fait pour que cela arrive. Eh bien, dans ce cas, ajouta-t-il, voyons si le prochain baiser vous laissera un souvenir plus impérissable.

Luca la fixa quelques secondes, comme s'il s'attendait à ce qu'elle proteste, mais au lieu de cela, alors même qu'elle était folle de rage, Mia ne put s'empêcher de se hisser sur la pointe des pieds pour venir à la rencontre de sa bouche. Comme pour lui prouver qu'elle n'était plus la jeune fille naïve et ignorante qu'il avait connue.

Mais dès que leurs lèvres entrèrent en contact, le désir explosa entre eux comme un feu d'artifice. Luca se plaqua contre elle et la maintint immobile contre le mur, exigeant et recevant d'elle un abandon total.

Cela faisait plus d'un an mais, malgré ce qu'elle venait de

déclarer, Mia n'avait jamais oublié le pouvoir de son baiser. Elle en avait rêvé et s'était languie de Luca, même si elle le détestait et le considérait comme le pire des hommes.

Il entremêla sa langue à la sienne, puis il glissa un genou entre les jambes de Mia et lui écarta doucement les cuisses, un bras appuyé contre le mur et l'autre lui enserrant la taille. Mais tout cela n'était qu'une ruse. Un mensonge.

Qu'était-il donc arrivé, l'année précédente ? Luca avait passé des heures à discuter avec son père de cette fusion, évoquant tous les projets qu'il comptait mener pour faire de l'entreprise Marini une multinationale puissante. Il avait semblé pleinement investi et Mia avait eu le sentiment que cette transaction comptait beaucoup à ses yeux. Puis il s'était volatilisé.

Mais en cet instant, elle était incapable d'y réfléchir. Tout son être était focalisé sur le plaisir de leur étreinte et la chaleur du désir qui la consumait comme un feu de forêt.

— Luca…, gémit-elle.

Elle aimait prononcer son nom, goûter sa langue, et les sensations nouvelles qui menaçaient de la faire chavirer, mais elle était aussi terrifiée par ce qu'elle éprouvait. Car c'était plus puissant que tout ce qu'elle avait jamais vécu. La chaleur qui se répandait en elle la changeait, lui donnant envie de vivre ce qu'elle ne connaissait pas, qu'elle ne comprenait pas. Comme un besoin lancinant et instinctif. *Nécessaire.* À vingt-trois ans, elle était une femme, bon sang, et même si elle n'avait aucune expérience, elle était suffisamment âgée pour comprendre la nature de ce désir impérieux.

La main de Luca posée sur sa taille glissa jusqu'à son chemisier en soie qu'elle souleva légèrement pour le séparer de la ceinture de sa jupe ample. Quand il effleura de ses doigts sa peau nue, Mia trembla de plaisir et une vague de chaleur plus puissante encore que la précédente naquit au creux de ses jambes. Cela devait cesser. Tout de suite. C'était insoutenable. Pourtant, elle n'esquissa pas le moindre mouvement pour s'écarter de lui.

La main de Luca remonta sous son chemisier, jusqu'au-dessous de son soutien-gorge, la touchant comme s'ils étaient intimes. Comme s'il ne l'avait pas traitée comme une moins-que-rien. C'était trop. Plus que Mia ne pouvait supporter. Elle n'arrivait plus à respirer. Elle avait besoin d'espace.

Emportée par la passion, elle s'accrocha à cette seule certitude : Luca Cavallaro les avait traités, elle et ses parents, d'une manière qu'elle ne pourrait jamais pardonner. Elle le détestait de toute son âme. Il n'était pas digne de confiance.

Avec un cri désespéré, elle le repoussa, enhardie par sa colère, et elle le fixa, le souffle court.

Luca ne montra pas la moindre émotion. Mais dans ses yeux sombres, elle vit passer un éclair de vulnérabilité qui disparut aussi vite qu'il était arrivé.

— Sans intérêt, donc ? lança-t-il d'un ton cynique.

— Oui ! répliqua Mia, furieuse à présent. Vous dites avoir pensé à moi, Luca ? Eh bien, de mon côté, je n'ai pas pensé une seconde à vous, ou alors c'était pour me dire à quel point j'étais soulagée de ne pas avoir épousé le sale type que vous êtes.

Encore une fois, elle vit passer une émotion furtive dans son regard, mais elle n'en tint pas compte et reprit, la voix tremblante :

— Comment osez-vous venir ici et imaginer que vous pouvez... que vous pouvez...

— C'est vous qui m'avez embrassé, dit-il doucement.

— Oui, mais seulement parce que vous...

— Parce que vous en aviez envie, l'interrompit Luca en se penchant si près de son visage qu'elle sentit son souffle tiède la caresser. Cessez de me mentir, Mia.

Elle fronça les sourcils.

— Quand vous ai-je menti ?

Luca haussa les sourcils d'un air surpris.

— Je ne suis pas là pour évoquer le passé.

— Et moi, je n'ai aucune intention de parler avec vous.

— Je vous propose une nuit, Mia, déclara-t-il sans tenir compte de sa remarque. Une nuit que nous aurions dû partager alors et dont nous avons toujours envie. Nos fiançailles étaient une erreur. Notre mariage était voué à l'échec dès le départ, mais ceci...

Il s'interrompit et esquissa un geste entre eux avant de reprendre.

— Ceci est indéniable.

— Qu'est-ce que vous racontez ? s'écria-t-elle, et il posa doucement un doigt sur ses lèvres pour la faire taire.

— Venez. Allons chez moi et passons la nuit ensemble.

C'était la phrase la plus tentante qu'elle eût entendue de toute sa vie et Mia réprima à grand-peine un frisson de désir.

— Pourquoi diable ferais-je une chose aussi absurde, Luca Cavallaro ?

— Parce que vous en avez envie, rétorqua-t-il d'une voix rauque en plongeant son regard brûlant dans le sien. Autant que moi.

Cela n'avait aucun sens. C'est lui qui avait renoncé à leur union.

— Vous m'avez quittée le jour de notre mariage.

— Et je ne le regrette pas, répliqua-t-il durement.

Mia le regarda en silence quelques secondes.

— Si vous saviez comme je vous hais.

Luca plissa légèrement les yeux.

— Il ne s'agit ni de haine, ni d'amour, ni de mariage. Il n'y a qu'une seule question à vous poser, Mia : me désirez-vous suffisamment pour faire table rase du passé, le temps d'une nuit de plaisir ?

— Jamais je ne ferais cela, siffla-t-elle en tremblant de colère.

Ils se fixèrent un long moment dans une joute silencieuse puis, alors que Mia allait s'éloigner, Luca lui saisit le poignet pour la retenir.

— C'est ce que nous verrons, *cara*, dit-il d'une voix grave.

Et sur ces mots, il se retourna et rejoignit la terrasse en se fondant dans la foule des invités. Mia le regarda s'éloigner et, lorsqu'il eut disparu de son champ de vision, elle s'effondra sur son fauteuil, en proie à un tourbillon de sentiments confus.

2

Mia n'alla pas le retrouver cette nuit-là. Comment aurait-elle pu ? Luca avait réduit sa fierté en lambeaux et elle avait travaillé dur pour la reconstruire durant les douze mois qui avaient suivi.

Et puis, elle était fiancée à un autre homme.

Bien sûr, son engagement n'avait rien de classique. Elle n'était pas en couple avec Lorenzo, et c'est un point qui était bien compris de tous deux. Leur mariage ne serait qu'un arrangement commercial, mais ils avaient toutefois l'intention de vivre ensemble par la suite. Lorenzo était libre de fréquenter qui il voulait avant que l'union ne soit prononcée et il avait fait comprendre à Mia qu'elle pourrait en faire de même. La question de l'infidélité n'était donc pas le problème. C'était plus compliqué que cela.

Mia avait peur.

Peur de l'intensité avec laquelle elle désirait Luca. De la façon dont son corps avait fondu entre ses bras, abandonnant toute résistance. De la manière dont cet homme était parvenu à lui faire oublier le passé, sa colère, sa blessure et l'amertume de sa trahison. Et surtout, elle était effrayée de constater qu'elle était incapable de réfléchir rationnellement quand elle était avec lui.

Que se passerait-il si elle allait chez lui ?

Elle gémit à voix haute dans sa chambre en contemplant son reflet dans le grand miroir que sa mère avait fait installer, pour la dissuader de grignoter entre les repas.

« Quand on se voit souvent, on est moins encline à prendre un deuxième biscuit, chérie », avait précisé Jennifer en souriant.

Mia allait se marier dans deux mois et elle était vierge. Pas intentionnellement, mais parce que ses parents étaient stricts et qu'elle n'avait jamais eu la liberté de sortir avec un garçon.

Mais elle n'était pas idiote. Pour accomplir son rêve d'avoir des enfants, il lui faudrait avoir des relations sexuelles. Mais alors, ne serait-il pas préférable d'avoir une certaine expérience avant de s'offrir à un mari qui ne lui faisait aucun effet ? Elle ne désirait pas Lorenzo et était convaincue que c'était réciproque. Luca en revanche avait la capacité de la faire fondre d'un simple regard. Mais comment avoir confiance alors qu'il l'avait trahie ?

Mia se redressa en songeant à tout ce qui avait changé pour elle au cours des douze derniers mois.

À l'époque, elle était vulnérable et désireuse de plaire à tout le monde. Elle ne s'était pas posé de questions et s'était laissé emporter par le désir que lui inspirait Luca. Mais à présent ? Elle savait qui il était. On ne lui mentirait pas. On ne se jouerait pas d'elle.

Mais au fond, si c'était elle qui se jouait de lui et qui gagnait ?

Cette pensée envoya des étincelles à travers tout son corps. Et si elle prenait exactement ce qu'elle voulait et qu'elle repartait, tête haute, sans un regard, comme il l'avait fait ?

Mia pourrait même en profiter pour lui demander la raison pour laquelle il avait agi ainsi. Cette question la tourmentait sans relâche depuis un an. Elle ne parvenait pas à comprendre comment Luca avait pu faire preuve d'autant de cruauté.

En se rendant chez lui, lui serait-il possible de satisfaire son désir, d'avoir la réponse à sa question – et de s'en sortir indemne ?

Bien sûr, résonna du plus profond de son être une petite voix à laquelle elle s'accrocha désespérément.

Elle ne serait jamais partie à la recherche de Luca mais, dans la mesure où ils s'étaient croisés ce soir, ne serait-ce pas idiot de laisser passer cette opportunité ? Il s'agissait d'une seule nuit, après tout. Ensuite, Mia disparaîtrait, elle ne le verrait plus et serait enfin capable d'oublier cette histoire.

Un cri de victoire lui échappa face à l'évidence folle qui s'imposait à elle. Car elle comprenait que rien ne pourrait à présent l'empêcher de vivre ce moment avec Luca.

Et c'est ainsi que la nuit suivante, après avoir souhaité une bonne nuit à ses parents et s'être rendue dans sa chambre, Mia se glissa silencieusement à travers la fenêtre. Elle descendit le long du treillis, rejoignit la rue où un taxi l'attendait et donna ses instructions au chauffeur, le cœur battant.

Luca s'était attendu à ce qu'elle vienne.

Il avait envie d'elle.

Mais ce n'est que lorsqu'il comprit que Mia ne viendrait pas qu'il se rendit compte à quel point il avait hâte de la posséder réellement. Cette nuit-là près de la voiture, un an auparavant, elle avait allumé un feu au creux de son ventre que personne n'avait éteint depuis. Il devait reconnaître que l'innocence et la vulnérabilité qui se dégageaient de la jeune femme le touchaient malgré lui. Mais ces sentiments étaient en contradiction avec la colère qu'il éprouvait envers elle et ses parents pour la tromperie qu'ils avaient organisée.

Innocente ? Loin de là.

Mia Marini jouait bien la comédie. Elle avait cherché à le duper dans cette arnaque qui lui aurait coûté un milliard de dollars. Oh ! il aurait pu se le permettre. Le problème n'était pas là.

Mais personne ne se jouait de lui. Luca avait travaillé dur, considérant à chaque instant que sa fierté et sa réputation étaient en jeu – une réputation qu'il s'était bâtie en hommage à sa défunte mère et pour faire mordre la poussière à son père. Hors de question d'acquérir une entreprise sans valeur pour que tout le monde – et son père en particulier – se moque de sa naïveté. Néanmoins, sa colère envers Mia avait désormais autant à voir avec sa trahison initiale qu'avec la déception liée au fait qu'elle ne soit pas venue chez lui.

Il était désespérément affamé d'elle. Le souvenir du baiser qu'ils avaient échangé sur le toit-terrasse le hantait sans répit. Maintenant, il en voulait plus. Bien plus.

Mia passa devant six églises avant d'atteindre la villa de Luca, située dans le centre-ville de Palerme, au point qu'elle reconsidéra quelques instants sa décision. Et si elle optait pour une prière sur un véritable autel plutôt que sur celui de la luxure ?

Mais l'heure était à l'imprudence. Une tempête se levait, plus puissante que tout ce qu'elle avait vécu, et Mia savait que rien ne l'empêcherait de l'affronter.

En sortant du taxi, elle fut émerveillée par la beauté de cette rue pavée dont les grands arbres élevaient leur silhouette majestueuse vers les façades historiques des villas en pierre de taille. Elle marcha rapidement, ne souhaitant pas être reconnue. Ses parents, issus d'une famille ancienne et puissante de Sicile, étaient connus dans la ville. Il suffisait qu'elle croise un cousin ou une connaissance de son père pour que celui-ci soit aussitôt mis au courant. C'est ainsi que cela fonctionnait ici, et Mia, qui en était consciente, devait agir vite.

Elle gravit rapidement les marches qui menaient à la villa de Luca et appuya sur la sonnette, gardant la tête penchée, de peur que quelqu'un ne passe dans la rue et l'aperçoive.

Elle patienta, le cœur battant, puis elle pressa à nouveau sur la sonnette. Alors qu'elle se préparait à rebrousser chemin, la lourde porte en bois s'ouvrit en grinçant et elle vit apparaître Luca.

Il portait un pantalon de costume et une chemise dont les manches étaient retroussées, révélant ses avant-bras bronzés. Peut-être était-il en train de travailler. Ou recevait-il quelqu'un ? L'idée n'avait même pas effleuré l'esprit de Mia mais, c'est vrai, Luca l'avait invitée la nuit précédente. Et s'il était en compagnie d'une autre femme ? Elle leva les yeux vers lui et croisa son regard sombre.

— Je n'aurais pas dû venir, murmura-t-elle sans esquisser le moindre mouvement pour s'éloigner.

Il la fixa en silence quelques instants.

— Avez-vous envie de partir ?

Mia se mordilla la lèvre inférieure, les yeux écarquillés, et elle secoua lentement la tête.

Un éclair de soulagement traversa le regard de Luca, puis il se contenta de tendre le bras vers elle. Un geste simple qui impliquait qu'elle glisse sa main dans la sienne avant de le suivre chez lui. C'était beaucoup trop intime, mais Mia avait besoin de quitter la rue, alors elle s'exécuta. Quand leurs doigts se frôlèrent, elle eut le sentiment de recevoir une décharge électrique et elle leva les yeux vers Luca, surprise.

Comment un simple contact pouvait-il être si explosif ? Mais n'avait-ce pas été le cas, chaque fois qu'ils s'étaient touchés ?

Mia poussa un soupir de soulagement quand la porte se referma derrière eux, heureuse de ne plus être visible aux yeux du monde. Elle suivit Luca qui la tenait toujours par la main à travers l'immense hall d'entrée jusqu'à un salon luxueux orné d'élégants canapés en cuir, de tables basses et de lampes de chevet en bronze. Elle repéra un verre à moitié fini sur une table. Était-ce du whisky ? Bien qu'elle n'en boive jamais, Mia détacha ses doigts de ceux de Luca, puis elle se dirigea vers le verre qu'elle saisit avant d'en avaler une gorgée. Elle ferma les paupières tandis que le liquide ambré coulait dans sa gorge, lui redonnant le courage dont elle avait besoin.

Lorsqu'elle ouvrit à nouveau les yeux, elle surprit le regard de Luca fixé sur elle. Il la contemplait comme s'il cherchait à l'évaluer, ne sachant pas exactement que faire d'elle.

Mais la gorgée de whisky avait fait son œuvre. Mia savait ce dont elle avait envie et pourquoi elle était là.

Elle s'était trop longtemps effacée pour plaire aux autres.

Elle avait été emmenée loin de la Sicile, sa patrie, sa lumière, pour rejoindre un pensionnat gris et froid en Angleterre, parce que sa mère l'avait exigé. Puis, alors qu'elle s'était fait des amis et une vie là-bas, elle avait dû rentrer à la maison, ainsi que le souhaitaient ses parents. Quand elle avait évoqué son envie de s'installer dans un appartement, elle avait dû y renoncer car les Marini ne voulaient pas qu'elle les quitte. Elle avait décliné des offres d'emploi car son père insistait pour qu'elle travaille au sein de l'entreprise familiale. Puis elle avait accepté d'épouser Luca avant même de le rencontrer parce que ses parents l'avaient convaincue que c'était une décision sage et nécessaire.

Oui, oui, oui. Sa vie n'avait été qu'une procession de « oui ».

Pour une fois, Mia allait prendre une décision pour elle seule. Au diable les conséquences !

D'ailleurs, il n'y en aurait aucune.

Luca Cavallaro avait décidé de ne pas faire partie de son existence.

Ils n'étaient rien l'un pour l'autre.

— Emmenez-moi au lit, Luca. Je n'ai pas toute la nuit devant moi.

Elle vit briller un éclair de surprise dans son regard sombre mais, très vite, son beau visage envoûtant retrouva un air impassible.

— Et votre fiancé ? demanda-t-il d'une voix rauque.

C'est vrai. La dernière fois, Mia avait brandi cet argument comme un bouclier. Elle leva les yeux vers Luca et se força à soutenir son regard.

— Il a décidé de mener une vie libre jusqu'à notre mariage, et c'est ce que je fais aussi.

Luca plissa les paupières et la regarda un instant avant de s'approcher lentement d'elle.

— Êtes-vous sûre que c'est ce que vous voulez ?

Mia ne put réprimer un léger tremblement, puis elle releva le menton d'un air de défi.

— Que se passe-t-il, Luca ? fit-elle d'une voix moqueuse.

Auriez-vous soudain des problèmes de conscience ? C'est vous qui m'avez proposé de venir.

Il pencha son visage vers elle et elle frémit.

— Je suis simplement curieux.

— J'en suis sûre, murmura-t-elle en détournant le regard. Lorenzo et moi avons discuté de nos attentes. Tant que nous sommes discrets tous les deux, nous sommes libres de faire ce que nous voulons jusqu'au mariage.

Manifestement, son explication suffit à convaincre Luca car il n'insista pas. Il prit son verre de whisky et en avala une gorgée sans la quitter des yeux. Elle le regarda faire en tremblant légèrement, puis il approcha le verre de ses lèvres.

— Ouvre la bouche.

Mia s'exécuta sans un mot.

Il lui fit boire un peu de scotch puis il reposa le verre pour l'observer attentivement. Une petite goutte du liquide ambré s'échappa du coin de sa bouche, et alors il se pencha vers elle et la captura avec sa langue. Puis il prolongea sa caresse en plaquant ses lèvres sur les siennes dans un baiser profond, tout en la serrant contre lui pour la maintenir en équilibre, car le plaisir que Mia ressentait était si fort que ses jambes tremblaient dangereusement.

Tous les doutes qu'elle pouvait encore avoir disparurent.

Elle était là où elle devait être.

C'était juste. C'était bon.

Et quand Luca la souleva dans ses bras tout en l'embrassant pour la porter à travers l'appartement, elle ne pensa plus à rien qu'à cet instant parfait.

Mia était plus mince que dans les souvenirs qui l'avaient hanté sans relâche depuis un an, mais ses courbes étaient toujours aussi délicieuses et naturelles. Elle était si féminine avec ses seins lourds, sa taille de guêpe, ses hanches généreuses et ses fesses rondes. Luca ne pensait plus qu'à se perdre dans les monts et vallées merveilleux de son corps, et c'est bien ce qu'il avait l'intention de faire.

« Je n'ai pas toute la nuit devant moi. »

Eh bien, lui non plus. Du moins, sa patience ne durerait pas toute la nuit. D'où lui venait ce désir fou que la jeune femme lui inspirait ? Était-ce parce qu'elle aurait pu être à lui ?

Ou parce qu'elle était si différente de celles qu'il avait l'habitude de fréquenter ?

C'était étrange d'avoir à ce point envie de quelqu'un qui vous avait trahi. Pour un homme comme Luca qui se targuait de toujours garder le contrôle de soi, cela semblait même aberrant. Mais c'était pour une nuit seulement.

Après, il ne penserait plus jamais à elle.

Comme pour souligner le caractère purement physique de leur étreinte, il la déposa à terre dans sa chambre et commença à la déshabiller méthodiquement, vêtement par vêtement. Il avait besoin de la voir nue et de cocher les cases qui avaient alimenté ses fantasmes depuis un an. La réalité serait très certainement décevante.

Il enleva le chemisier de Mia, puis son soutien-gorge en coton, révélant des seins pâles aux mamelons rose foncé qui pointaient vers lui. C'était *mieux* que tout ce qu'il avait imaginé et il ressentit un pincement douloureux au creux du ventre. Les bras de la jeune femme étaient minces et bronzés, et, le long de son cou, il vit pulser les battements de son cœur et devina qu'elle était troublée par son inspection minutieuse. Pourtant, elle se tenait parfaitement immobile, les yeux écarquillés, comme si elle ne s'attendait pas à ce qui était en train de lui arriver.

Avait-elle espéré quelque chose de différent ? Plus de douceur, de préliminaires ? Mais, bon sang, c'est *tout de suite* qu'il avait envie d'elle. Luca posa ses mains sur sa taille fine et il fit lentement descendre sa jupe en coton bordée d'un simple élastique. Le souffle court, Mia enleva sa petite culotte et ses sandales hautes, et c'est alors seulement que Luca remarqua à quel point elle était plus petite que lui.

Elle était délicieusement menue et dotée de courbes ultraféminines qui auraient rendu fou n'importe quel homme. Quant à sa peau, elle était plus douce qu'un pétale de rose.

— Arrête-toi, s'il te plaît, murmura soudain Mia.

Le cœur de Luca fit un bond.

— Quoi ? Maintenant ?

— Tu me regardes, souffla-t-elle en désignant son propre corps d'un geste évasif.

— Oui.

— Je n'aime pas ça, précisa-t-elle en rougissant.

Luca fronça les sourcils, incertain de ce qu'elle voulait dire.

— Tu préfères que je te touche, *cara* ?

Mia trembla légèrement, et ses tétons durcirent alors. Prenant cette réponse physique pour une confirmation, il s'approcha d'elle puis attrapa ses fesses en coupe dans ses mains pour les presser contre lui et lui faire sentir son érection puissante à travers la couche de ses vêtements.

Mia gémit douloureusement et bascula la tête en arrière en fermant les yeux. Luca se pencha dans son cou, et déposa des baisers avec ses lèvres et sa langue qui la firent gémir davantage. Voyant comment elle réagissait à ses caresses, il perdit ce qui lui restait de retenue et l'embrassa à pleine bouche. Il prit ses tétons entre ses doigts et les pressa doucement, puis il fit glisser une main jusqu'au bas de son ventre. Il écarta doucement ses cuisses pour aller trouver le renflement de son sexe délicat, et alors, il introduisit un doigt agile au cœur de son intimité tiède et humide. Mia cria et Luca ne pensa plus qu'à la posséder entièrement. Il se déshabilla à son tour, si affamé d'elle qu'il faillit manquer de se protéger alors qu'il le faisait systématiquement. Luca n'avait jamais eu l'intention d'être père. Ayant dû vivre avec les conséquences d'être lui-même un enfant non désiré, il n'infligerait cette souffrance à personne.

Il s'éloigna quelques secondes de Mia pour se rendre à sa table de chevet. Son sexe était si dur qu'il eut du mal à enrouler la gaine de latex jusqu'au bout. Une fois que ce fut accompli, il fit quelques pas vers elle et lui lança un regard sauvage. Soudain, toutes les émotions que cette femme lui inspirait remontèrent à la surface. Colère. Frustration. Trahison. Besoin.

— Viens ici, dit-il brusquement, furieux de la désirer aussi fort malgré ce qu'elle lui avait fait.

Mia écarquilla les yeux et se lécha le contour des lèvres avant de s'avancer vers Luca en tremblant légèrement. Elle s'assit sur le bord du lit et le fixa, sa poitrine se soulevant à chacune de ses respirations. Elle était si belle qu'il ne pouvait la quitter des yeux.

Il s'approcha en la fixant d'un regard grave avant de se pencher vers elle et de l'allonger sur le lit en se tenant au-dessus d'elle. Les mains de chaque côté de son visage, il la dominait de toute sa puissance.

— Je suis content que tu aies décidé de venir me voir, admit-il d'un ton bourru.

Mia resta silencieuse et se contenta de le contempler de ses yeux immenses dans lesquels il vit passer des émotions vives qu'il ne sut déchiffrer. De toute façon, il n'y tenait pas. Il ne pouvait se permettre de se soucier d'elle. C'était déjà assez pénible que son corps ait hanté ses pensées depuis un an. Il ne laisserait pas les sentiments de la jeune femme s'insinuer en lui. Il valait mieux se rappeler qui elle était et les raisons pour lesquelles il n'était pas question de lui faire confiance.

Il écarta les cuisses de Mia avec son genou et, sans la quitter des yeux, il la pénétra fort et vite, empli d'une urgence qu'il devait à tout prix satisfaire. Mais alors, il s'immobilisa, car la jeune femme s'était figée. Soudain, il se rendit compte à quel point elle était étroite et il comprit. Cela ne pouvait signifier qu'une chose. Elle était vierge.

Il lui lança un regard empreint de confusion.

Mia Marini était venue s'offrir à lui ce soir.

Et elle était vierge.

Luca se redressa pour contempler la jeune femme et chercher une réponse sur son visage, mais elle s'était déjà remise de son choc et elle commença à bouger les hanches sous lui pour l'attirer plus profondément à elle. Une flamme de désir le brûla mais il parvint à se retenir.

— Est-ce que ça va ? demanda-t-il d'une voix rauque.

— Oui…, gémit-elle en hochant la tête rapidement avant de se cambrer vers lui et, alors, il oublia tout pour se concentrer sur la raison pour laquelle elle était venue ici.

Il serait bien temps plus tard de lui demander des explications.

Luca commença à bouger lentement en elle sans la quitter des yeux. Puis il se pencha dans son cou, avide de la goûter et de l'embrasser tandis qu'elle se tordait de plaisir sous lui. Une de ses mains trouva ses seins et il la caressa, la taquina, en rythme avec ses mouvements de va-et-vient, jusqu'à ce que les gémissements de Mia se transforment en cris. Quand l'orgasme l'emporta, elle cria encore plus fort en scandant son nom et Luca faillit perdre tout contrôle. Mais il se retint et attendit que les derniers soubresauts de plaisir du corps de la jeune femme s'apaisent tandis qu'elle revenait sur terre, le souffle court. Puis il bougea à nouveau en elle, plus vite et plus fort, la pénétrant profondément, à l'affût de ses réactions. Il serra les dents et attendit que le plaisir remonte en elle comme un tsunami. Lorsque les cris de Mia devinrent aigus et qu'il comprit qu'elle était sur le point de jouir une nouvelle fois, alors seulement, il la rejoignit dans l'extase.

Luca roula sur le côté et fixa le plafond pour tenter de reprendre ses esprits. Mais il en fut incapable. Mia était trop près de lui, encore essoufflée par le plaisir. Il avait besoin d'espace. De s'éloigner d'elle, de sa proximité et de son parfum. De la tentation de la toucher et de l'étreindre de nouveau.

— Donne-moi un instant, marmonna-t-il avant de se lever pour se rendre dans la salle de bains attenante.

Là, il pressa ses paumes sur le rebord du lavabo et contempla son reflet dans le miroir, attendant que le monde reprenne sens.

Luca était rarement surpris.

Il s'estimait plutôt doué pour analyser les gens mais, cette fois, il n'avait rien vu venir. Il avait pensé que l'innocence apparente de Mia était un rôle qu'elle jouait. Il s'était même dit qu'elle était une sacrée comédienne.

Parce que, lorsqu'il l'avait embrassée ce soir-là, près de sa voiture, le corps de Mia avait instinctivement répondu au sien, et jamais il n'aurait imaginé qu'elle puisse être vierge. Au contraire, elle lui avait fait l'effet d'une sirène qui l'attirait, l'invitait, le suppliait… et il avait failli l'écouter. Il était tellement en colère à ce moment-là. S'il avait couché avec Mia, cela aurait été pour la punir, et même si Luca avait un côté sombre, il n'était pas assez tordu pour recourir au sexe autrement que pour donner et recevoir du plaisir.

Il étouffa un juron. Quoi qu'il se soit passé ce soir, ce n'était pas ce qu'il avait prévu.

Il prit son temps. Il en avait besoin. Après avoir jeté le préservatif usagé, il se doucha rapidement, priant pour que l'eau chaude lui apporte la clarté nécessaire pour retourner dans sa chambre et demander à Mia ce qui lui était passé par la tête de ne pas l'avoir *prévenu* qu'elle était vierge.

Le pire, c'est qu'à chaque fois que cette question lui venait à l'esprit un frisson primitif s'emparait de lui et son sexe durcissait à l'idée d'avoir été le premier à la posséder.

— Très bien, Mia Marini, fit-il en entrant dans sa chambre au bout de dix minutes. Maintenant, j'attends tes explications.

Mais il n'y eut aucune réponse car la pièce était vide. Mia s'était volatilisée.

— Bonjour !

L'accent australien de son frère résonna à l'autre bout de la ligne et Luca, de mauvaise humeur, fronça les sourcils. Il sentait pratiquement le soleil et le sel marin dans le ton de Max, et il l'imagina quelque part, non loin d'une de leurs fermes perlières, heureux et détendu. Exactement le contraire de ce qu'il était en ce moment.

— Max. Quoi de neuf ?

— Tu as jeté un œil au document que je t'ai envoyé ?

Luca serra les dents. Son père essayait depuis des années de l'intéresser à l'entreprise familiale. Mais son approche directe n'avait guère de succès. Max en revanche se montrait plus subtil. Il agitait sous le nez de son frère des données qu'il lui était presque impossible d'ignorer.

— Oui, mentit-il.

Les chiffres relatifs à l'ouverture d'un nouveau magasin Stone à Tulsa étaient convaincants, et Max le savait aussi bien que Luca. Il aurait aimé que son frère participe à certaines décisions délicates, telles que l'emplacement et la taille du bâtiment. Des sujets dont Luca n'avait pas envie de parler, même s'il y avait évidemment réfléchi.

— Et ? demanda Max.

Luca se recoiffa d'une main.

— Pour être tout à fait honnête, ce magasin est la dernière chose qui occupe mon esprit en ce moment.

Luca grimaça tandis qu'un silence crépitait sur la ligne. Il venait de commettre une erreur. Lorsqu'il parlait avec Max, il devait à tout prix garder son sang-froid : son frère était perspicace et lisait en lui comme dans un livre.

En général, il n'avait aucun secret pour lui mais, cette fois, il ne souhaitait pas aborder cette histoire avec Mia.

Et encore moins ce qui s'était passé la nuit précédente.

Luca aimait garder le contrôle en toutes circonstances et, hier soir, la situation lui avait clairement échappé. La jeune femme s'était révélée différente de ce à quoi il s'était attendu et sa virginité l'avait totalement pris au dépourvu.

Il serra les dents et regarda droit devant lui, ses yeux balayant la vue sans vraiment la voir.

— Allez, insista Max. j'aimerais avoir ton avis.

Luca laissa échapper un rire cynique.

— Tu veux surtout m'enchaîner pour la vie.

— Ne sois pas si dramatique, tempéra son frère d'un ton amusé. D'ailleurs, ce serait si terrible pour toi de rejoindre l'entreprise familiale ?

Luca agrippa son téléphone.

— C'est *ton* entreprise. Pas la mienne.

— Tu ne l'aimes pas, tu n'as aucun respect pour lui mais, quoi que tu puisses éprouver pour cet homme, Carrick Stone *est* ton père, et nous sommes ta famille.

— Toi oui, admit Luca en grimaçant. Mais cela ne signifie pas pour autant que je veuille travailler pour lui.

— Avec lui, Luc. Pas pour lui. Tu serais mon égal. Et le sien.

— Je ne serai jamais son égal, répliqua Luca en soupirant. Et tu sais très bien pourquoi.

Max resta silencieux un moment. Il le savait, en effet. Il était là quand Luca était arrivé chez eux à Sydney, pleurant la mort soudaine de sa mère, ébranlé par la découverte de ce père riche et célèbre, plein de ressentiment à l'idée d'avoir été ignoré et non désiré. Ensuite, Carrick Stone s'était efforcé d'inculquer à ses fils un sentiment de compétition, les faisant s'affronter l'un l'autre dans un combat de gladiateurs dont ils s'étaient affranchis en grandissant. Max et Luca avaient tous deux de bonnes raisons de mépriser leur père.

Max soupira à son tour.

— Je comprends, Luca. Tu sais que nous sommes sur la même longueur d'onde concernant ses décisions et son comportement.

Luca ferma les yeux. Leur père traitait les femmes comme des moins-que-rien. Sa propre mère en avait fait les frais car elle était tombée amoureuse de Carrick Stone et avait été anéantie par cet amour. Où qu'il aille, quoi qu'il fasse, cet homme détruisait tout dans son sillage. Il n'avait jamais vraiment aimé ni pris soin de personne. Pas même de ses fils.

— Quand tu es venu vivre avec nous, pour moi, c'était merveilleux, murmura Max. Soudain, je n'étais plus seul. J'avais un frère. Et depuis cette époque-là, je me suis dit que ce serait génial que l'on puisse travailler un jour ensemble.

Le cœur de Luca se serra. Il s'était éloigné de Carrick dès qu'il avait pu mais, en faisant cela, il avait aussi abandonné Max.

Était-ce égoïste de sa part de chercher à éviter ses responsabilités vis-à-vis de l'entreprise familiale ? Rien de tout cela n'était la faute de Max…

— Je vais regarder à nouveau le document et je t'envoie un mail très vite, concéda Luca en grimaçant.

Il raccrocha avec un sentiment d'inquiétude pesant, mais les affaires de son père n'occupèrent pas longtemps son esprit. Dès qu'il fermait les yeux, il la voyait. Mia Marini occupait toutes ses pensées et cela le rendait fou. Il comprit soudain qu'il s'était trompé.

Une nuit ne suffirait pas.

Il en voulait plus. Il voulait des réponses.

Il voulait Mia.

3

Tout ce à quoi Mia parvenait à penser en contemplant son reflet dans les miroirs de la boutique, c'est qu'il était inapproprié d'essayer une robe de mariée juste après avoir couché avec un autre homme que son fiancé. Peu importe le nombre de fois où elle s'était répété que ce n'était pas une infidélité, et que Lorenzo et elle étaient d'accord sur ce point, c'était à l'opposé du conte de fées dont elle avait toujours rêvé.

Elle soupira. Ce coup-ci au moins, sa tenue ne serait pas un désastre. Elle avait choisi quelque chose de radicalement différent de la précédente. Pas un centimètre de dentelle ou de tulle. La robe était sobre et élégante. En soie crème et coupée en biais, elle soulignait les courbes dont Mia était fière tout en minimisant celles qu'elle aimait moins. Sa mère allait détester. Tant pis.

D'ailleurs, si elle le pouvait, Mia s'affranchirait de toute cérémonie. Une simple signature au bas d'une feuille ferait l'affaire.

— Tout se passe bien, *signorina* ?

Mia avait l'impression que son corps était différent. Elle sentit ses joues la brûler en se rappelant la sensation qu'elle avait éprouvée quand Luca était en elle, si fort et dur, et qu'il l'avait emportée vers des niveaux de plaisir inouïs.

— Oui, très bien, fit-elle d'une voix rauque en hochant la tête. Ça me plaît.

— Je vais prévoir un ourlet pour que la robe soit à la bonne hauteur avec les talons que vous m'avez montrés.

— Parfait, répondit Mia en souriant.

Elle ne voulait plus penser à Luca. Tout s'était passé comme elle l'avait prévu. Elle avait perdu sa virginité et acquis l'expérience qui lui manquait, puis elle était partie sans lui dire au revoir. Bien sûr, ce n'était pas aussi humiliant que ce qu'il lui avait fait, mais elle avait éprouvé une certaine satisfaction à l'idée de lui fausser compagnie pendant qu'il prenait sa douche.

Même si, au fond, il avait dû être soulagé qu'elle agisse de la sorte.

De son côté, elle aurait aimé rester auprès de lui. Ne serait-ce que pour avoir le temps de lui demander des explications et comprendre la raison pour laquelle il l'avait abandonnée, le jour de leur mariage. Mais surtout, elle avait eu envie de se serrer à nouveau contre son corps puissant et de se laisser submerger par le plaisir qu'il avait su lui donner si savamment.

Au lieu de cela, elle s'était rhabillée à la hâte, puis elle s'était glissée dans les rues sombres de Palerme, disparaissant de sa vie pour de bon.

Perdue dans ses pensées, Mia sortit du magasin, tête baissée, sans remarquer la limousine grise aux vitres teintées garée sur le trottoir. Mais au moment où elle la dépassait, la vitre arrière s'abaissa et elle jeta un regard distrait à l'intérieur du véhicule. Son cœur fit un bond.

Luca.

Ici.

La coïncidence était surprenante mais *évidemment* ce n'en était pas une. Il l'attendait.

Le souffle court et comme attirée par une force magnétique, elle s'approcha de la voiture.

— Que fais-tu ici ? murmura-t-elle d'un ton affolé.

Mon Dieu, avait-elle oublié quelque chose chez lui ? Elle dressa un rapide catalogue de ce qu'elle avait emporté. Son sac à main, ses clés. Non, elle avait tout.

— Comment as-tu su où j'étais ? ajouta-t-elle.

— Monte dans la voiture, Mia, ordonna-t-il à voix basse.

Elle ne put réprimer un soupir et prit une grande inspiration avant de répondre.

— Merci, mais je crois que je vais décliner cette aimable invitation.

— Dépêche-toi.

— Nous sommes dans un pays libre. Tu comptes peut-être me kidnapper ?

— S'il le faut, oui, répliqua Luca sans la quitter des yeux.

Un frisson de désir la parcourut. Bien sûr, Mia aurait dû s'offusquer de son comportement autoritaire mais, au fond, elle trouvait cela follement excitant. L'idée d'être enlevée par Luca faisait naître dans son esprit toutes sortes d'images scandaleuses.

Elle regarda dans un sens puis dans l'autre avant de reporter son attention vers lui.

— Bon, seulement parce que je ne veux pas que quelqu'un me voie en train de te parler, marmonna-t-elle.

— Alléluia, fit-il en ouvrant la portière pour l'inviter à le rejoindre sur la banquette arrière.

Mia lui lança un regard furieux, puis elle prit place à côté de lui et referma rapidement la portière. Aussitôt, elle fut enveloppée par son parfum viril, et son trouble fut tel qu'elle détourna les yeux.

Luca se pencha en avant et appuya sur un bouton qui fit descendre la vitre qui le séparait de son chauffeur.

— Laissez-nous, je vous appellerai quand je serai prêt.

— Bien, monsieur.

L'homme sortit de la voiture et, alors, Luca se tourna vers Mia. Dans son regard sombre, elle vit tourbillonner des émotions obscures.

— Que s'est-il passé la nuit dernière ? demanda-t-il.

Elle cligna des yeux, confuse.

— Tu as besoin que je t'explique ? Pourtant, tu avais l'air de t'y connaître...

Mais l'expression qui s'afficha sur le beau visage de Luca montra qu'il ne goûtait guère sa plaisanterie.

— Tu as disparu, lança-t-il.

Mia joignit ses mains sur ses genoux serrés.

— Non. Je suis simplement partie lorsque c'était fini.

Les yeux de Luca sondaient les siens, comme s'il cherchait la réponse à une question qu'elle ignorait.

— Et tu penses que je suis d'accord avec ça ?

Elle le regarda, abasourdie.

— Je te demande pardon ?

— Tu as disparu sans même me dire que tu étais vierge. Sans rien me dire du tout, acheva-t-il d'une voix vibrante de colère.

Elle releva le menton en soutenant son regard.

— C'est un comble ! s'exclama-t-elle. Je te rappelle que tu m'as abandonnée dans une église dans une robe de mariée ridicule, face à trois cents personnes qui me fixaient en ricanant ! Tu penses sérieusement que je te dois la moindre explication ?

— Qu'est-ce que ça veut dire ? fulmina Luca. Tu as voulu te venger, c'est ça ?

— Si c'est ta manière de m'annoncer que coucher avec moi est une punition, je te remercie, lança-t-elle en posant sa main sur la poignée de la portière.

Luca se pencha vers elle pour lui saisir le bras.

— Ce n'est pas ce que j'ai voulu dire et tu le sais, gronda-t-il d'une voix sensuelle qui l'enveloppa comme une caresse.

Troublée par la proximité de son corps puissant, elle se recroquevilla sur la banquette.

— Oui, eh bien, peu importe, répliqua-t-elle. Tu peux penser ce que tu veux. C'est arrivé. Nous avons fait l'amour. C'est bien ce que tu voulais, n'est-ce pas ?

— C'est vrai, répondit Luca. Mais je n'avais pas compris que tu étais totalement inexpérimentée.

Elle leva les yeux vers lui.

— Cela fait-il une différence ?

Il fronça les sourcils et marqua une pause avant de répondre.

— Oui. Tu aurais dû me prévenir.

— Et toi, tu aurais dû me prévenir que tu ne comptais pas m'épouser.

Il s'approcha encore et elle détourna le regard.

— Veux-tu vraiment ouvrir cette boîte de Pandore, *cara* ?

— Que veux-tu dire ?

— Tu n'as pas été honnête avec moi non plus.

Parlait-il de sa virginité ? Mais pourquoi aurait-elle dû la mentionner ?

— Tu t'en serais aperçu après notre mariage, déclara Mia en secouant la tête.

— À ce moment-là, il aurait été trop tard. Et tu t'en moquais. Tu te fichais de savoir que notre accord était basé sur un mensonge.

— Je...

Mia s'interrompit, confuse. Elle ne comprenait pas ce que Luca voulait dire. Le fait qu'elle soit vierge comptait-il à ce point à ses yeux ?

— Jamais je ne t'ai menti, murmura-t-elle.

— Mentir par omission est tout aussi grave, lança-t-il d'un ton glacial.

Elle fronça les sourcils.

— Vraiment ? Je pensais que quelqu'un avec autant d'expérience aurait été capable de le deviner.

— En effet, admit Luca. C'est pour cette raison que j'ai finalement renoncé à ce mariage. C'était la bonne décision.

Mia tressaillit, blessée par sa remarque qui la transperçait comme une lame.

— Très bien, déclara-t-elle quand elle fut capable de reprendre la parole. Maintenant, si tu as terminé, j'aimerais m'en aller.

— Nous n'avons pas fini, répliqua-t-il sur un ton grave qui la fit frémir.

— Oh si ! Nous en avons fini le jour où tu m'as laissée seule dans cette église, rétorqua-t-elle en sentant sa voix se briser.

Les larmes affleurèrent à ses yeux. Mon Dieu, elle n'allait tout de même pas se mettre à pleurer devant lui.

— Je te déteste.

— Tu ne me détestais pas, hier soir, murmura Luca en posant une main sur sa cuisse avant de la faire glisser jusqu'à l'ourlet de sa robe.

— Si, hier soir aussi.

— Donc c'était bien une vengeance. Tu voulais coucher avec moi et puis t'enfuir.

Une vague de chaleur inonda ses joues mais Mia fut incapable de répliquer car les doigts de Luca s'aventurèrent sous sa jupe et remontèrent doucement en direction de son sexe.

— Est-ce que ça t'a fait du bien, Mia ? reprit-il. T'es-tu suffisamment vengée ? ajouta-t-il en se penchant pour effleurer ses lèvres avant de s'écarter pour la regarder dans les yeux. Ou bien as-tu besoin de me punir davantage ?

Mia avait le sentiment d'être en équilibre au bord d'un gouffre. Elle devait à tout prix s'éloigner de cet homme qui la rendait folle.

— Je te déteste, répéta-t-elle en fermant les yeux.

Elle le pensait aussi fort qu'elle avait envie de lui. C'était insupportable.

Luca plissa les yeux.

— Mais est-ce que tu m'en veux, Mia ? Peux-tu vraiment me reprocher de ne pas être allé au bout de ce mariage ?

Elle sentit son cœur se briser. Bien sûr, elle n'était pas à la hauteur des superbes créatures que Luca avait l'habitude de fréquenter. Elle n'était pas aussi belle qu'elles, ni mince comme sa mère, mais, bon sang, elle avait des qualités qui faisaient d'elle quelqu'un de respectable. Il n'avait pas besoin de lui rappeler à quel point il aurait été ridicule de s'unir à une femme comme elle.

— Dans ce cas, pourquoi me l'as-tu proposé ? demanda-t-elle en s'efforçant de retenir les larmes qui menaçaient de jaillir de ses yeux.

— À ton avis ? répliqua Luca en faisant remonter sa main

jusqu'à sa petite culotte en coton, qu'il écarta doucement avant d'introduire délicatement un doigt dans son sexe pour la caresser.

Mia s'adossa à la banquette en gémissant et Luca plaqua ses lèvres sur les siennes dans un baiser fougueux qui lui fit oublier instantanément la blessure qu'il venait de lui infliger. Elle ne pensa plus qu'au paradis vers lequel il l'emmenait, doucement et sûrement.

— Rentre avec moi à la maison, chuchota-t-il contre son oreille.

— Certainement pas, répondit-elle, le souffle court. Plus jamais.

— Attention, Mia. Il n'y a rien que je n'aime plus que les défis.

Et sur ces mots, Luca la souleva sans difficulté pour l'installer à califourchon sur ses genoux. Tout en l'embrassant, il tâtonna pour faire remonter sa jupe et descendre son pantalon. Il se cambra pour que son sexe dressé, recouvert seulement par le fin coton de son boxer, vienne presser contre celui de Mia et elle gémit tandis qu'une flamme de désir menaçait de la dévorer tout entière. Elle se poussa contre son membre, cherchant désespérément à ce qu'il entre en elle tandis qu'il lui caressait fiévreusement les seins en pinçant ses tétons sensibles.

— Est-ce que tu me détestes toujours ? demanda-t-il en fouillant dans la poche arrière de son pantalon.

— Oui, gémit-elle.

— Mais tu as envie de moi quand même, reprit-il en s'écartant pour baisser son caleçon et glisser un préservatif sur son sexe en érection. Dis-le-moi.

— Va au diable, souffla Mia sans pouvoir détacher ses yeux de son membre puissant.

Soudain, elle eut le sentiment que, si Luca ne la prenait pas maintenant, elle en mourrait. Alors, ce fut elle qui se souleva légèrement et qui écarta sa culotte pour venir s'empaler profondément sur lui. La plénitude qu'elle ressentit fut si intense qu'elle cria de plaisir en basculant la tête en arrière.

Elle commença à se balancer de haut en bas, bougeant ses hanches en rythme avec celles de Luca jusqu'à ce que le plaisir monte en vagues puissantes. C'était si fort qu'elle leva les mains pour les plaquer contre le toit de la voiture en se cambrant au maximum. La bouche de Luca se posa sur ses tétons qu'il mordilla et suça à travers sa chemise. Mon Dieu, comme elle aurait aimé être entièrement nue contre lui pour que rien ne les sépare...

— Luca..., supplia Mia tandis que le plaisir allait atteindre son paroxysme. S'il te plaît...

Alors, il lui agrippa les fesses et la fit bouger de bas en haut pour la pénétrer plus fort et plus vite. Il était si puissant, si imposant. Si exigeant. Elle cria son nom et eut le sentiment que son être se fragmentait en mille morceaux qui se mélangeaient à l'univers tandis qu'un orgasme surpuissant s'emparait d'elle.

Et en cet instant, Mia comprit que plus jamais elle ne serait la même.

Luca jouait à un jeu dangereux. Un jeu dont les règles lui échappaient. Il savait seulement que coucher avec Mia était l'expérience la plus fascinante et addictive qu'il ait connue depuis longtemps. Au fond, cela faisait des années qu'il s'ennuyait. Même ses succès commerciaux étaient moins exaltants qu'auparavant car il ne prenait plus de risques. Il était devenu trop talentueux dans son domaine.

Avec Mia, il n'était pas capable de penser ni de planifier quoi que ce soit. Il n'agissait que par instinct. Et depuis qu'il était revenu dans sa chambre la nuit dernière et qu'il s'était rendu compte qu'elle avait disparu, son instinct lui criait de la retrouver pour achever ce qu'ils avaient commencé.

Car leur histoire n'était pas finie, Luca le comprenait, alors même qu'il reprenait son souffle contre elle. Ce ne serait pas leur dernière fois ensemble. Il ne le permettrait pas. Pourtant, il refusait de chercher à expliquer ce qui le poussait à ce besoin soudain et impérieux de posséder la femme à qui il avait tourné le dos sans regret, un an auparavant. Était-ce simplement un accès de jalousie lié au fait qu'elle allait en épouser un autre ? Pourtant, il avait déjà eu des amantes qui s'étaient mariées et cela ne l'avait jamais dérangé. Non, c'était ce sentiment d'inachevé. Il avait désiré Mia cette nuit-là et n'avait pas pu l'avoir. Voilà tout.

Mia bougea légèrement sur ses genoux sans croiser son regard, puis elle se déplaça avec grâce sur la banquette à côté de lui. Devinant qu'elle était à nouveau en proie aux doutes, Luca sortit son téléphone et envoya un texto à son chauffeur.

— Cela n'aurait pas dû arriver, déclara-t-elle d'une voix pleine de colère qu'il devina être dirigée avant tout contre elle-même. Bon sang, Luca, tu ne peux pas m'accoster comme ça dans la rue...

Il la contempla, à nouveau fasciné par sa beauté. Il l'avait trouvée belle l'année précédente et cela l'avait distrait, mais il s'était concentré sur les discussions avec son père au sujet de leur affaire. Jusqu'à ce baiser près de sa voiture. Car, alors, il n'avait plus été capable d'ignorer l'attirance fulgurante qu'il éprouvait pour elle. Mais à ce moment-là, il était tellement fâché contre elle qu'il n'avait pu assouvir ce désir.

Dans les yeux magnifiques et expressifs de Mia, il voyait passer une foule d'émotions. Comme il lui serait facile de se laisser captiver par ce regard et, tel le roi de Shéhérazade, de l'écouter chaque soir avec émerveillement lui raconter des histoires.

Mais Luca ne serait jamais aussi stupide que ce souverain.

Il savait de quoi Mia et sa famille étaient capables.

— As-tu une idée de ce que ce mariage signifie pour moi ? reprit-elle.

— Je sais à quel point il compte pour tes parents.

— Mais pour moi ? insista-t-elle en plaquant une main contre ses seins voluptueux qu'il fixa, envoûté. Je dois épouser Lorenzo. N'importe qui aurait pu nous voir... ou nous entendre, ajouta-t-elle en rougissant. Ça ne peut pas continuer.

— Pourquoi as-tu besoin de l'épouser ? demanda Luca. Es-tu détachée au point de t'unir à un homme que tu connais à peine, seulement pour le bien des affaires de ta famille ?

La portière au niveau du siège conducteur se referma, et Mia sursauta. Mais avant qu'elle n'ait le temps de répondre, la voiture démarra et s'engagea dans la circulation.

— Que se passe-t-il ? s'exclama-t-elle.

— Nous roulons, Mia. Que veux-tu qu'il se passe ?

Elle agrippa la poignée de la portière.

— Laisse-moi sortir !

— Réponds d'abord à ma question. Pourquoi es-tu si déterminée à épouser Lorenzo ?

— Où allons-nous ?

— Et moi, pourquoi as-tu accepté de m'épouser ?

Le regard de Mia se posa un instant sur lui, puis elle tourna la tête et regarda dehors sans répondre.

Malgré sa colère, Luca ne put réprimer une pointe d'admiration vis-à-vis de la détermination dont elle faisait preuve.

— Es-tu si désireuse d'aider tes parents, Mia ?

Une pensée lui vint soudain, si détestable qu'il voulut en avoir le cœur net.

— Ou bien était-ce ton idée ?

— Mais de quoi parles-tu ? demanda la jeune femme en se tournant brusquement vers lui, si bien qu'une mèche de ses cheveux blonds glissa sur son visage.

Luca la prit doucement entre ses doigts pour la replacer derrière son oreille.

— Ta participation dans cette affaire était la cerise sur le gâteau, déclara-t-il froidement. Est-ce toi qui l'as souhaité ou bien était-ce une suggestion de tes parents ?

Les lèvres de Mia s'arrondirent en un cercle voluptueux et il eut un mal fou à se retenir de l'embrasser.

— Je ne crois pas que ce mariage vise à inciter quoi que ce soit, finit-elle par murmurer avant de se détourner à nouveau de lui.

— Alors pourquoi ?

Mais visiblement, Mia ne tenait pas à avoir cette conversation.

— Demande à ton chauffeur de me laisser sortir.

— Non.

Elle secoua la tête.

— Tu as vraiment l'intention de me kidnapper ?

— Oui.

Mia pivota pour lui faire face, sa poitrine se soulevant en rythme avec sa respiration rapide.

— Je te préviens, Luca Cavallaro, tu as intérêt à arrêter tout de suite cette maudite voiture, sinon... sinon...

Il patienta avec un calme apparent tandis que des émotions nouvelles s'emparaient de lui.

— Sinon ? finit-il par demander.

Elle lui lança un regard mutin.

— Je n'ai pas encore décidé.

— Eh bien, tu as un peu plus d'une heure pour réfléchir à ce que sera mon châtiment.

Il se pencha vers elle d'un air provocateur.

— J'aime beaucoup tes punitions, Mia.

4

Enfant, Mia venait souvent à San Vito Lo Capo pendant les vacances. Jennifer appréciait les plages de sable blanc et les baignades dynamiques dans l'eau cristalline. Les Marini passaient du temps à bord de leur yacht et Mia adorait sauter du bateau, les genoux repliés contre sa poitrine. Mais à l'adolescence, sa mère avait commencé à faire des commentaires sur son bikini, déclarant que celui-ci n'était pas approprié et qu'il la moulait trop. Elle insistait lourdement sur le fait que Mia devrait suivre tel ou tel régime dont elle était fan.

Petit à petit, cela lui avait gâché le plaisir de ses séjours là-bas et, une fois adulte, Mia n'y avait plus mis les pieds. C'est pourquoi, même si elle appréciait la beauté du lieu, elle ne put réprimer une bouffée d'angoisse en voyant la voiture s'engager dans la petite cité balnéaire.

— Dis-moi que ce n'est pas ici que nous allons.

— Tu n'aimes pas cet endroit ? demanda Luca.

Mia soupira. Sur le trajet, elle avait pris mille résolutions dont la première consistait à cesser de converser avec lui comme s'ils étaient amis.

Comme si elle avait oublié et pardonné ce qu'il lui avait fait. L'embarras et la honte que son rejet avait suscités. La nuit dernière, Mia avait cherché avant tout à... *clore* quelque chose. Ce n'était pas à proprement parler une vengeance, mais un moyen de reprendre le contrôle sur cette situation. L'année qui venait de s'écouler lui avait servi de leçon et elle avait appris à quel point il était important pour elle de s'affirmer.

Le rire de Luca était grave et presque inaudible mais il s'enroula comme une caresse autour d'elle, et Mia serra les dents en prenant une grande inspiration. Comment allait-elle résister à son charme viril puisque, apparemment, le fait de le détester ne suffisait pas ?

— Détends-toi, Mia. C'est juste pour une nuit ou deux.

— Quoi ? s'exclama-t-elle, abasourdie. Mais c'est impossible, Luca. Mes parents vont être dans tous leurs états si je ne rentre pas à la maison ce soir, après le travail.

— Ils s'en remettront.

Elle plissa les yeux tandis qu'une pensée soudaine lui venait.

— Est-ce que tu m'as kidnappée pour... leur faire du mal ?

Mia fronça les sourcils. Cela n'avait aucun sens. C'est Luca qui les avait laissés tomber. Si quelqu'un avait le droit d'être en colère, c'était bien eux !

— Pourquoi nous détestes-tu autant ?

Il scruta son visage comme s'il essayait de saisir quelque chose, puis il se pencha doucement vers elle.

— Je n'arrive pas à savoir si tu es sincère ou si tu joues la comédie.

— Quoi ?

Luca leva la main et fit lentement glisser son pouce sur la lèvre inférieure de Mia.

— Tu ne penses pas que j'ai le droit de vous en vouloir ? Surtout à toi, d'ailleurs, car tu serais allée encore plus loin qu'eux, ajouta-t-il d'une voix triste.

— Je ne vois pas de quoi tu parles.

— Tu étais prête à vendre ta virginité au plus offrant pour dissimuler leur arnaque.

Mia tressaillit, s'efforçant de comprendre. Une arnaque ? Ses parents avaient beaucoup de défauts, mais ils n'étaient pas des escrocs.

— Qu'est-ce que tu racontes ?

Luca la fixa de ses yeux sombres.

— Tu pensais vraiment que je ne le découvrirais pas ?

— Découvrir quoi ? s'écria-t-elle.

Bon sang, mais de quoi parlait-il ?

— Je suis toujours très prudent quand j'investis quelque part. Tu croyais que notre mariage m'empêcherait d'y voir clair dans votre petit jeu ?

— S'il te plaît, cesse de parler par énigmes et explique-moi de quoi tu nous accuses.

Luca resta silencieux tandis que la limousine ralentissait avant de s'arrêter. Un instant plus tard, le chauffeur ouvrit la portière de son côté.

— Merci, Pietro, dit Luca en sortant de la voiture.

Il donna quelques instructions à son employé puis il vint lui-même ouvrir la porte à Mia. Elle le regarda, le cœur battant, tentée de ne pas bouger, mais elle savait qu'il suffirait à Luca de se pencher et de la prendre dans ses bras pour la faire sortir – ce qui risquait de les conduire à un débordement passionnel, comme à chaque fois qu'ils se touchaient.

Entre eux, l'alchimie était explosive, elle ne pouvait le nier.

Mais peu importe ce qui se passait avec Luca, elle n'avait aucune intention de renoncer à son mariage avec Lorenzo. Son cœur fit un bond. Elle devait à tout prix distinguer le fantasme de la réalité. Et rien n'était réel chez Luca.

Malgré son appréhension à l'égard de cet endroit, Mia ne put s'empêcher d'admirer la villa devant laquelle ils étaient arrivés. Une allée de graviers menait à un terre-plein central orné d'une majestueuse fontaine en pierre. Celle-ci était composée de quatre statues de femmes surmontées d'un dauphin duquel l'eau jaillissait, ruisselant en un clapotis apaisant sur leurs silhouettes gracieuses avant de s'écouler dans un bassin. L'allée était bordée d'un côté par un bosquet d'agrumes en fleurs qui embaumait délicieusement et, de l'autre, par un jardin envahi de végétation, ce qui lui conférait un aspect très romantique. Une glycine recouvrait la tonnelle ainsi qu'une grande partie de la façade du bâtiment en pierres.

L'air chargé d'un parfum floral bourdonnait d'abeilles.

Mia suivit Luca jusqu'à l'entrée de la maison, résolue à ne pas se laisser émouvoir par la beauté enchanteresse de ce lieu. Ornées de charnières en laiton, les portes en bois de la villa étaient peintes en bleu, s'accordant parfaitement à la couleur de la mer qui scintillait au-delà du jardin. En entendant le doux bruit du ressac, Mia dut résister à la tentation enfantine de courir jusqu'à la plage pour se jeter dans les vagues. Puis le souvenir des remarques acerbes de sa mère s'imposa à elle et elle frémit.

— Il faut que tu me ramènes chez moi, déclara-t-elle à Luca en tirant sur sa manche.

— Pourquoi ? demanda-t-il froidement. Pour que tes parents t'offrent au prochain parti le plus avantageux ? Et que tu minaudes devant lui d'un air innocent ?

— Arrête ! s'écria Mia. Tu n'as pas le droit de me parler avec un tel dédain. Je me suis engagée avec toi en toute bonne foi. C'est toi qui as rompu le marché. Toi qui m'as quittée le jour de...

Elle s'interrompit, submergée par un flot d'émotions.

— Le jour de notre mariage, acheva-t-elle, la voix tremblante. Comment oses-tu rejeter la faute sur moi ?

— Sur toi ? Toi qui m'aurais fait investir un milliard de dollars dans une entreprise sans valeur ? Le pire, c'est qu'un seul baiser a suffi à me faire hésiter.

Mia le fixa, tentant d'intégrer ce qu'il venait de dire. Elle connaissait la valeur de la société Marini puisqu'elle y travaillait. De plus, elle était témoin du train de vie luxueux de ses parents depuis des années. Cela n'avait aucun sens.

— Une entreprise sans valeur ? répéta-t-elle en levant les yeux au ciel pour lui montrer à quel point c'était absurde.

— Tu es très belle, Mia, et je ne te cache pas que j'ai été tenté. Mais je ne suis pas assez stupide pour jouer ma fortune sur une femme. Peu importe à quel point ses baisers sont doux.

Elle faillit le gifler mais se ravisa. Ce ne serait pas suffisant. Au lieu de cela, elle le repoussa violemment en plaquant ses mains sur son torse, mais Luca ne bougea pas d'un millimètre et se contenta de la fixer.

— Ce ne sont que des mensonges ! cria-t-elle en tentant de le pousser à nouveau.

— Pourquoi te mentirais-je ?

— Je l'ignore. Pour apaiser ta mauvaise conscience ?

— Je ne ressens aucune culpabilité vis-à-vis de ce que j'ai fait, Mia, répliqua-t-il d'un ton calme.

— Aucune culpabilité ? répéta-t-elle en laissant retomber ses mains. Tu m'as fait subir le pire jour de toute mon existence et, crois-moi, je sais de quoi je parle. Tu n'éprouves aucun scrupule à ce sujet ?

— Tu as entendu ce que je viens de te dire ? demanda Luca après avoir marqué une pause. Tu faisais partie d'un plan visant à m'escroquer plus d'un milliard de dollars. En ce qui me concerne, tu as perdu droit à toute considération.

Les lèvres de Mia s'entrouvrirent sous l'effet de la surprise et de la colère.

— Je suis vraiment désolée pour toi, Luca. C'est triste d'être si amer à ton âge, ajouta-t-elle avant de secouer la tête. Personne dans ma famille n'avait l'intention de t'escroquer. J'ignore ce que tu penses avoir découvert, mais tu t'es trompé. Nous sommes des gens respectables, alors que, toi, tu n'es rien ! *Niente* ! Non, tu es pire que ça, tu n'es qu'un *bastardo* et je ne veux plus jamais te voir !

Sur ces mots, elle s'enfuit en courant sans aucune idée de l'endroit où elle allait mais certaine qu'elle devait s'éloigner de cet homme.

Mia s'était engagée dans le verger d'agrumes en direction de la plage, mais Luca ne la suivit pas immédiatement.

Il resta immobile, sous le choc, submergé par des émotions et des souvenirs qu'il pensait avoir refoulés, et qui avaient resurgi en entendant le mot qu'elle venait de prononcer.

Ce même mot avec lequel les garçons du village se moquaient de lui quand il était enfant.

Bastardo. Bâtard.

Le fils illégitime d'une femme de ménage qui travaillait dur pour élever seule son fils. Luca avait été harcelé jusqu'à ce que sa mère meure et que son père vienne le réclamer. Mais à ce moment-là, le mal était fait. Il avait grandi, ignoré par son père et rejeté par une belle-mère qui ne pouvait le regarder sans ressentir la douleur de la trahison. Pour survivre, il avait dû s'endurcir et fermer son cœur aux émotions.

Pourtant, ce simple mot formulé par Mia dans un accès de colère avait suffi à le blesser profondément. Au point qu'il en était lui-même surpris.

Luca serra les mâchoires. Bien sûr, elle avait employé ce terme au hasard, tout comme elle aurait pu le traiter de crétin ou de salaud. Et elle n'aurait pas eu tort à cent pour cent.

Non pas qu'il ait changé d'opinion sur elle ou ses parents, mais il aurait aimé ne pas se laisser entraîner dans cette dispute.

À quoi bon se bagarrer avec Mia ? Cela ne servait à rien. Luca n'avait pas l'intention d'avoir une relation avec elle au-delà de ces quelques nuits ensemble. Ils devaient tous deux venir à bout de ce désir qui les tourmentait, et il présumait que le temps passé ici à la villa serait suffisant.

Mais une fois de retour à Palerme, tout serait terminé entre eux.

Pour s'en assurer, il pourrait même partir à l'étranger. Un séjour à Singapour serait une bonne idée. Luca avait un bureau là-bas et il pourrait se plonger dans le travail pendant quelque temps. Ou Sydney à la rigueur. Cela lui ferait plaisir de revoir son frère. À condition d'éviter leur père, évidemment.

Quand la colère de Luca s'estompa, Mia avait disparu depuis un moment. Il posa sa veste sur le perron de la villa et se mit à la recherche de la jeune femme. Sur la plage, il repéra rapidement sa silhouette menue dans la lumière de l'après-midi. Elle marchait dos à lui, le long du rivage. Luca accéléra le pas et ne mit pas longtemps à la rejoindre. Il l'attrapa par le poignet pour la forcer à se retourner mais, alors, il se figea.

Car Mia Marini pleurait. Avec de vraies larmes, qui ruisselaient le long de son beau visage.

Le ventre de Luca se noua et, au fond de lui, une émotion ancienne refit surface. Il savait, avec une certitude absolue, que sa mère lui en aurait voulu d'avoir fait pleurer Mia. Quels que soient les péchés commis par la jeune femme, il aurait dû se comporter plus gentiment avec elle.

« Ne t'abaisse jamais à leur niveau, Luca *amore.* »

— Laisse-moi, gémit Mia en tentant de s'écarter.

— Je ne veux pas me battre avec toi, dit-il à voix basse. Ce n'est pas pour cela que je t'ai amenée ici. Le passé appartient au passé.

Elle secoua la tête.

— Il semble que nous ayons des opinions très différentes sur ce passé, répondit-elle. C'est important d'en parler.

— Pas pour moi, rétorqua Luca en l'attirant vers lui. Tu as commis une erreur, Mia. Je m'en moque à présent. Je ne t'ai pas épousée. Je n'ai pas acheté la société. Aucun mal n'a été fait. Nous avons tous deux avancé. N'en parlons plus.

— Tu te trompes, dit-elle doucement. Ce jour-là, quand tu n'es pas venu, ça m'a fait du mal. Beaucoup de mal.

Luca parvint à garder un visage impassible mais sa gorge se noua. La jeune femme leva vers lui ses yeux pleins de larmes.

— Quand as-tu décidé de ne plus m'épouser ? demanda-t-elle.

Il la fixa un instant avant de répondre.

— Cela n'a pas d'importance.

— Quand ? insista-t-elle en posant une main sur son torse.

— Lorsque je t'ai vue le dernier soir, je venais de découvrir la vérité.

— La vérité, répéta Mia d'une voix amère en fermant les yeux. Et donc tu savais déjà à ce moment-là que tu ne m'épouserais pas ?

Il ne répondit pas.

Elle cligna des paupières et son visage pâlit légèrement.

— Tu es venu chez nous ce soir-là en sachant que tu n'irais pas jusqu'au bout.

— J'ai donné à ton père une chance de me prouver que je me trompais à votre sujet. Il en a été incapable.

— Et pendant les six jours qui se sont écoulés entre cette nuit et la date du mariage, tu n'as pas pensé à me prévenir ?

Luca resta immobile, songeur. La famille de Mia avait conspiré pour le tromper et le ridiculiser, alors pourquoi se serait-il montré courtois avec eux ? C'est parce qu'il savait être impitoyable en toutes circonstances que Luca en était arrivé là dans la vie. Il était honnête et faisait preuve d'éthique mais, lorsqu'on lui faisait du tort, il n'avait aucune pitié.

Pourtant, obligé de revivre cette journée à travers les yeux de la jeune femme, il avait la très désagréable impression d'être allé trop loin. Défendre ses intérêts était une chose, faire volontairement du mal à quelqu'un en était une autre.

Et il avait fait du mal à Mia.

Mais ne le méritait-elle pas ? résonna une petite voix au fond de son esprit. Le fait qu'elle ait décidé de s'impliquer de son plein gré dans cette fraude aurait dû lui ôter tout droit à la compassion. Or, ce n'était pas le cas.

— Je ne pensais pas que tu pourrais être blessée, murmura Luca.

Mia resta silencieuse tandis que les larmes roulaient le long de ses joues.

— J'ai supposé que ton père t'avait prévenue et que tu te doutais de ce qui allait arriver, poursuivit-il.

Elle secoua la tête.

— As-tu regardé les photos qu'on a prises de moi ce jour-là ? demanda-t-elle.

— Oui.

Luca était en vol entre New York et San Francisco quand son frère lui avait envoyé un mail avec les articles qui traitaient le sujet.

— J'étais en robe de mariée. Je t'attendais. Et tu n'es… jamais arrivé. Tu avais quitté le pays la veille au soir sans le moindre adieu. Je n'arrive pas à croire que tu n'aies pas pensé une seconde à quel point cela me ferait de la peine.

Elle s'interrompit et prit une grande inspiration.

— Tu *voulais* me faire du mal pour te venger du tort dont tu imaginais avoir été victime.

Mia leva les yeux vers lui et elle le fixa avec une telle intensité que Luca recula d'un pas, comme si elle l'avait de nouveau poussé en arrière.

— J'étais très en colère, Mia. Tu dois comprendre ce que mon entreprise signifie pour moi. Je suis parti de zéro. J'ai travaillé dur pour en arriver là. Cela comptait bien plus à mes yeux qu'une simple question d'argent. Tes parents voulaient tout me prendre. Et toi aussi.

— Pourquoi dis-tu cela ? demanda-t-elle. Pour autant que je sache, mon père souhaite seulement vendre la société pour pouvoir prendre sa retraite. Et il veut que j'en fasse partie parce que je suis une Marini. Au moins sur le papier, ajouta-t-elle d'une voix tremblante.

— Tu travailles dans cette entreprise, déclara Luca comme pour s'accrocher à ce qu'il avait pensé être la vérité depuis un an.

N'était-ce pas une preuve indiscutable de son implication dans ce projet sordide ?

— Et alors ? fit Mia en haussant les épaules. C'est important pour mon père qu'un membre de la famille reste au sein de la société.

Elle ne répondait pas à sa question. Manifestement, elle ne l'avait pas compris, mais il ne comptait pas le lui reprocher davantage. Il n'était pas d'humeur à poursuivre cette discussion.

— Je pensais ce que je t'ai dit, Mia, murmura-t-il en posant ses mains au creux de son dos. Je ne t'ai pas amenée ici pour parler du passé. C'est le présent et… *cela* qui m'intéresse, acheva-t-il en faisant un geste entre eux.

Elle rougit et leva son visage vers lui.

— Tu veux dire, le sexe ?

Il plongea ses yeux dans les siens.

— Bien sûr. Pourquoi pas ?

— Parce que je suis fiancée.

Luca n'avait pas exactement oublié Lorenzo, mais le futur mari de Mia était à des années-lumière de ses pensées en cet instant. Et quand elle leva la main pour montrer le solitaire en diamant qu'elle portait, un sentiment étrange s'empara de lui. Qu'il refusa d'analyser.

— Épouser Lorenzo di Angelo, est-ce vraiment ce que tu veux dans la vie ? ne put-il s'empêcher de demander.

Elle lui lança un regard stupéfait, puis elle enfouit sa tête entre ses mains et éclata d'un rire silencieux.

— Ce que je veux n'a pas d'importance, finit-elle par murmurer avec un sourire triste en relevant son visage vers lui. C'est ce qui doit arriver.

Luca ressentit un pincement douloureux au creux du ventre. De toute évidence, malgré ce qu'elle lui avait dit, la jeune femme connaissait l'état désastreux des finances de leur entreprise familiale. Sinon, pourquoi se sentirait-elle obligée d'épouser ce type ? C'était le seul moyen de sauver ses parents de la misère, voilà tout.

— Tu es une femme libre, Mia. Tu peux faire ce que tu veux.

— Dixit l'homme qui m'a kidnappée ? répliqua-t-elle en haussant un sourcil.

Il ignora son accusation et le sentiment de culpabilité qui l'accompagnait.

— Pourquoi dois-tu l'épouser ? Nous sommes au XXIe siècle.

— Oui, et je suis la fille unique et surprotégée d'une très ancienne famille sicilienne. Tu ne peux pas comprendre.

Luca se figea et serra les mâchoires.

— Tu dis ça à cause de mes origines ?

Mia le regarda un instant, confuse, en fronçant les sourcils, et il comprit qu'elle ignorait de quoi il voulait parler.

— Non, répondit-elle. C'est juste que tu ne sais pas ce que ça fait de grandir comme moi.

Elle s'interrompit quelques secondes en se mordillant la lèvre.

— J'ai le devoir de rendre mes parents heureux. C'est le moins que je puisse faire. Épouser Lorenzo y contribue, acheva-t-elle d'une voix faible.

Il resta songeur quelques instants, s'efforçant de comprendre ce qu'elle voulait dire. Elle consentirait à tout ce que ses parents exigeraient d'elle. Y compris à mentir ? Escroquer ?

— En m'unissant à lui, je réparerai le tort que je leur ai fait le jour de notre mariage.

Luca la regarda, stupéfait. Jamais il n'aurait imaginé que les conséquences de son rejet puissent avoir été aussi dévastatrices pour la jeune femme. Il avait cru qu'elle faisait partie intégrante de cette escroquerie, mais s'il s'était trompé ?

— Ils ne peuvent pas avoir pensé que c'était de ta faute ?

Mia ferma les yeux et tenta de s'écarter, mais Luca garda sa prise dans le bas de son dos, exigeant qu'elle lui réponde.

— Ils ne l'ont jamais formulé, admit-elle d'une petite voix. Mais je l'ai senti. J'ai vu à quel point ils étaient anéantis, eux aussi. Quoi que tu puisses en penser, il est évident que mon père ignorait que tu te retirerais de ce mariage.

— Alors c'est un imbécile.

Elle cligna des yeux d'un air consterné. Luca tenta de se concentrer sur le présent, mais ce qu'elle venait de révéler le tourmentait. Le fait de devoir épouser Mia lui avait d'abord déplu, mais il tenait tellement à acquérir cette entreprise qu'il avait accepté. Par la suite, en passant du temps avec la jeune femme, il avait été frappé de voir à quel point il la désirait et comme il appréciait sa compagnie. Il avait baissé sa garde et cela l'avait rendu encore plus fou de rage lorsqu'il avait appris la vérité.

Sans cette alchimie unique, il s'en serait peut-être moins

soucié. Sur le moment, son attitude lui avait paru justifiée mais, à présent, il n'en était plus aussi sûr, et Luca détestait être en proie au doute, quel qu'il soit.

— Donc, tu épouses Lorenzo pour te racheter à leurs yeux ?

— Les gens se marient pour toutes sortes de raisons, répliqua-t-elle d'une voix douce.

— L'amour est la plus courante.

— C'est une question d'amour *ici aussi*.

Luca se figea et tenta de rester calme car cela changeait tout. S'était-il trompé sur la relation que Mia entretenait avec son fiancé ? Était-elle tombée amoureuse de Lorenzo ? Il n'était pas à l'aise avec le concept d'infidélité, étant lui-même issu d'une liaison clandestine.

— L'amour que je porte à mes parents, précisa-t-elle rapidement. Ils sont loin d'être parfaits, j'en suis consciente, mais ils m'ont adoptée et m'ont élevée comme leur fille. Je leur en suis reconnaissante et je veux...

Elle s'interrompit et lui lança un regard troublé, ne sachant visiblement pas comment achever sa phrase. Mais Luca avait besoin de l'entendre.

— Oui ? insista-t-il d'un ton brusque.

— Je veux qu'ils soient fiers de moi, finit-elle par murmurer en fermant les yeux.

Le cœur de Luca se serra. Après avoir durement jugé Mia, il la plaignait à présent, et sa haine à l'égard de ses parents n'en était que plus forte. Comment ces gens pouvaient-ils ne pas être fiers de cette jeune femme ?

— Mais plus que cela encore, je veux me libérer d'eux, reprit-elle d'une voix déterminée. J'ai vingt-trois ans mais ils me traitent comme une enfant. Quand je serai mariée, je déménagerai, j'aurai ma maison, ma vie, ma propre famille.

Elle s'interrompit et haussa les épaules.

— C'est une bonne raison pour épouser quelqu'un, même sans le connaître vraiment, tu ne crois pas ?

5

Mia savait que, quoi qu'elle dise à Luca, elle serait d'accord pour rester avec lui à la minute où elle aurait envoyé un texto à sa mère.

Je suis partie à Rome rencontrer un acheteur potentiel.

Je serai de retour demain.

C'était un petit mensonge mais ses parents s'inquiéteraient en ne la voyant pas revenir à la maison ce soir. En plus, ce n'était qu'une légère déformation de la vérité dans la mesure où elle avait effectivement tenu une visioconférence avec un acheteur romain, quelques heures plus tôt.

Mia leva son visage vers le soleil qui tapait encore fort. La chaleur était presque insupportable. Elle n'avait pas de vêtements de rechange et le tailleur strict qu'elle avait choisi ce matin pour se rendre au travail n'était pas vraiment adapté à cette atmosphère de vacances. C'était peut-être pour le mieux.

Hors de question que Luca sache avec quelle facilité elle avait accepté ce week-end forcé avec lui. Sa tenue sévère ferait office de protestation silencieuse. Seulement, il faisait terriblement chaud, alors elle se résolut à ôter sa veste et la déposa sur le dossier d'une chaise longue.

— La piscine est privée, tout comme la plage, précisa Luca en balayant d'un geste l'espace qui les entourait. Personne ne peut nous voir, *cara*. Viens te baigner.

Le ventre de Mia se noua. Cet homme l'avait vue nue. Il avait semblé adorer ses courbes, et pas une fois elle n'avait eu le sentiment qu'il aurait préféré qu'elle soit plus mince. Mais en contemplant le corps bronzé et musclé de Luca, vêtu d'un simple boxer noir, les remarques humiliantes de sa mère lui revinrent à l'esprit.

— Je suis bien, fit-elle d'une petite voix. Vas-y, toi !

— Comme tu voudras.

Il plongea dans l'eau turquoise, et Mia vit sa tête brune et lisse émerger un instant plus tard à l'autre bout de la piscine. Elle admira, fascinée, son corps athlétique tandis qu'il évoluait dans le bassin tel un nageur olympique. D'ailleurs, Luca était bâti comme un nageur avec ses épaules larges, sa taille fine et ses jambes musclées. Il semblait si à l'aise dans l'eau qu'il lui fit penser à Poséidon, le dieu grec de la mer. *Et des tremblements de terre*, se rappela-t-elle sans pouvoir réprimer un sourire.

Mia hésita un moment, puis elle ôta ses sandales avant de se diriger vers le bord de la piscine. Elle choisit une dalle qui n'avait pas été éclaboussée par le plongeon de Luca et s'assit, heureuse de pouvoir rafraîchir ses jambes dans l'eau fraîche. La sensation était si divine qu'elle ferma les yeux un instant.

Tu viens d'être kidnappée, tenta de lui rappeler une petite voix dans son esprit.

Mais une partie de Mia se demandait si, tout compte fait, elle n'avait pas été sauvée. Le visage tourné vers le ciel, elle s'imagina soudain comme une sorte de Raiponce des temps modernes. Seulement, Luca n'était pas un chevalier en armure étincelante et elle n'était pas une princesse en détresse. Du moins, elle était déterminée à ne pas l'être. Elle allait prendre le contrôle de son destin. Épouser Lorenzo serait son sésame vers la liberté. Elle allait s'en assurer.

Les mains de Luca entourèrent ses mollets et, quand elle baissa les yeux vers lui, son cœur s'emballa dans sa poitrine. L'espace d'une seconde, Mia s'autorisa à rêver que c'était réel. Et que son autre vie n'était qu'un rêve. Ou plutôt un cauchemar. Si Luca ne l'avait pas quittée le jour de leur mariage, ils auraient vécu seuls ici, dans ce paradis, loin de ses parents et de tout le reste. Elle secoua la tête. C'était une illusion, un fantasme qu'elle devait à tout prix oublier pour revenir à la réalité.

— Où es-tu parti ce jour-là ? demanda-t-elle.

Luca lui adressa un sourire charmeur.

— Quand ?

— La veille de notre mariage.

Le sourire de Luca s'estompa et son visage prit une expression grave. Elle devina qu'il n'avait pas envie de répondre.

— C'est une simple question.

— Aux États-Unis.

— Pourquoi là-bas ?

— J'ai un bureau à New York.

Elle fronça les sourcils.

— Et tu as eu soudain besoin d'y aller ?

— Est-ce si difficile à croire ?

— Mais avant cela, tu avais vraiment eu l'intention de m'épouser, n'est-ce pas ? Tu n'avais pas décidé de m'humilier depuis le départ ?

— Non, Mia. Jusqu'à ce que je découvre la tromperie de ton père, je pensais réellement que nous allions nous marier. Cela faisait partie de l'accord.

Elle hocha lentement la tête. Elle aurait dû être rassurée, mais le fait de l'entendre parler de leur mariage comme d'un accord lui faisait mal sans qu'elle puisse se l'expliquer.

— Mais tu n'en as jamais eu *envie*, pas vrai ? ne put-elle s'empêcher de demander.

Luca détourna le regard.

— Avant que ton père ne suggère cette union, j'étais déterminé à ne pas me marier, admit-il.

— Alors pourquoi accepter ?

— À l'époque, je tenais vraiment à acquérir votre entreprise.

— Au point d'être prêt à m'épouser ?

Luca se déplaça entre ses jambes et, quand leurs yeux se

croisèrent à nouveau, Mia eut le sentiment de recevoir une décharge électrique.

— Je voulais cette société plus que tout au monde, déclara-t-il à voix basse. Une dizaine d'années auparavant, mon père avait tenté de l'acheter, en vain. Ton père refusait de la vendre. Je me réjouissais de réussir là où le mien avait échoué...

Mia resta songeuse quelques instants.

— Tu ne t'entends pas avec lui ?

— Non.

Elle frissonna involontairement mais, avant de pouvoir approfondir la question, Luca reprit la parole.

— Avant que ton père n'ajoute ce terme au contrat, je n'avais pas l'intention de me marier, Mia, répéta-t-il. Je n'ai jamais voulu avoir de femme.

— Alors pourquoi as-tu accepté ?

Il l'observa attentivement pendant quelques secondes, puis haussa les épaules.

— Parce que je t'ai rencontrée, répliqua-t-il.

Le cœur de Mia fit un bond. Était-il sincère ?

— J'ai été intrigué, reprit Luca à voix basse avant de faire couler de l'eau sur une de ses cuisses, ce qui la fit frissonner de plus belle. Te souviens-tu de cette première soirée ?

Elle se mordilla la lèvre.

— Le dîner chez mes parents ? Bien sûr.

Chaque détail de ce moment était resté gravé dans sa mémoire. D'abord, l'arrivée tardive de Luca et son air arrogant. Puis il l'avait regardée et le temps s'était arrêté. Mia avait eu alors le sentiment étrange que l'ordre des choses était en place. Soudain, elle n'avait plus eu peur de ce mariage arrangé. Ni de l'avenir. Elle s'était immédiatement sentie en confiance avec Luca. Et surtout, un désir fulgurant s'était emparé d'elle dès qu'elle avait posé les yeux sur lui.

Avait-il ressenti la même chose ?

— Tu étais si belle et mystérieuse. Ta mère a accaparé la

conversation toute la soirée. Même lorsque je t'ai posé une question, elle a répondu à ta place. Je désespérais de pouvoir avoir un moment seul avec toi.

Mia eut un murmure de surprise.

— Mais c'était impossible, poursuivit-il. C'est comme si tes parents te maintenaient exprès à l'écart pour me rendre fou de désir, afin que je sois prêt à tout accepter pour t'épouser.

— J'ai du mal à le croire, fit-elle en levant les yeux au ciel. Aucun d'eux ne me pense dotée de charmes aussi puissants.

Luca lui lança un regard cynique.

— J'ai passé l'année entière à me convaincre que tu jouais la comédie à la perfection, et maintenant...

— Maintenant ? insista-t-elle, le souffle court, en se penchant vers lui sans même s'en rendre compte.

— Je pense que j'avais tort à ton sujet, admit-il rapidement en lui caressant les jambes.

Le plaisir tourbillonna en elle mais Mia s'efforça de ne pas le laisser altérer sa détermination. Quoi que Luca ait pu ressentir alors, cela ne lui donnait pas le droit de l'abandonner devant l'autel.

— Comment imagines-tu que notre mariage aurait été, Mia ?

Elle hésita un moment.

— Je ne sais pas, éluda-t-elle, car jamais elle n'admettrait les fantasmes qui avaient hanté son esprit pendant longtemps. Je n'y ai jamais songé.

— Tu avais accepté de m'épouser, souligna Luca à voix basse. Alors à quoi aurais-tu souhaité que ce mariage ressemble ?

— Je t'ai dit ce que je voulais, murmura-t-elle. Rendre fiers mes parents. M'échapper. Et acquérir mon indépendance.

— Et vis-à-vis de ton mari ?

Mia détourna le regard sans répondre, alors Luca s'appuya sur ses bras puissants pour sortir de l'eau et il vint s'asseoir à côté d'elle. Ils n'étaient qu'à quelques centimètres l'un de l'autre, et en voyant les gouttes ruisseler sur son visage, Mia eut soudain l'envie folle de se pencher vers lui et de les recueillir du bout de la langue. À cette pensée, ses joues la brûlèrent.

— Mia ? insista-t-il en lui attrapant doucement le menton pour la forcer à le regarder.

— Ce que je veux – ce que j'ai toujours voulu – c'est avoir une famille à moi. Ce n'est pas comme si je rêvais de tomber amoureuse. En revanche, j'ai toujours su que je désirais avoir plusieurs enfants, ajouta-t-elle en souriant. Au moins deux. Un garçon et une fille, si possible.

Luca la fixa, très calme, pendant de longues secondes, et quand il parla, sa voix avait une consonance étrange.

— Alors tu vois, Mia, c'est une bonne chose que nous ne nous soyons pas mariés, parce que de mon côté j'ai toujours su que je n'aurais jamais d'enfant.

Ce fut comme si une lame avait transpercé son cœur et elle pria pour qu'il ne se soit pas aperçu de son trouble.

— Tu ne peux pas en avoir ?

— Si, mais je n'en ai pas envie.

— Pourquoi ?

C'était si inconcevable...

— Et toi, pourquoi en veux-tu ? répliqua-t-il.

Mia joua avec ses doigts. *Parce que je suis enfant unique. Parce que j'ai été adoptée. Parce que j'aurais désespérément voulu avoir des frères et sœurs. Parce que j'aspire à un amour inconditionnel.* Elle aurait pu avancer mille et une raisons telles que celles-ci mais elle se contenta de hausser les épaules.

— Je sais seulement que c'est une certitude.

— Comme la mienne de ne pas en avoir.

Il a raison, songea-t-elle tristement. C'était pour le mieux qu'ils ne se soient pas mariés. Pourtant, au fond d'elle, elle ne parvenait pas à l'admettre. C'était ridicule. Luca l'avait humiliée publiquement, et maintenant elle était sur le point d'épouser un autre homme. Un homme doux et gentil. Et surtout, Lorenzo avait accepté l'idée d'avoir des enfants. Pas tout de suite, mais quand Mia serait prête, d'ici quelques années.

Soudain, elle se rendit compte qu'elle n'avait jamais évoqué cette question avec Luca. Était-ce parce qu'elle était trop fascinée à la pensée de devenir sa femme ? Au point de laisser le hasard faire les choses ? Ou avait-elle seulement supposé qu'il ressentirait le même désir qu'elle de fonder une famille ?

— Alors nous devons nous réjouir que notre mariage n'ait jamais eu lieu, murmura-t-elle d'une voix faible. Nous n'aurions pas été heureux.

Un silence étrange et pesant s'installa entre eux.

— Et Lorenzo ? finit par demander Luca.

Mia se força à sourire.

— Il veut des enfants, lui aussi, répondit-elle.

— Donc vous en avez parlé ?

— Oui.

Un froncement de sourcils obscurcit le visage de Luca.

— Dans quelle mesure le connais-tu ?

— Nous nous sommes rencontrés à plusieurs reprises, répliqua Mia avant de s'interrompre quelques secondes. Après ce qu'il m'était arrivé, j'avais besoin d'être sûre que...

Luca la fixa en silence.

— J'avais besoin de m'assurer qu'il ne...

Elle n'acheva pas sa phrase. Ce n'était pas nécessaire. Elle savait que Luca avait compris.

— Je n'avais aucune intention de te faire du mal, murmura-t-il.

Elle esquissa un petit sourire triste.

— Je te crois. Mais tu te disais que je le méritais.

Luca plissa les yeux et elle se sentit fondre de désir pour lui. Pourquoi diable cet homme lui faisait-il cet effet dévastateur ? Dès qu'elle était avec lui, c'est comme si une porte se fermait sur le reste du monde et que plus rien d'autre n'existait. Mais comment oublier la façon dont il les avait blessés, elle et ses parents ?

— C'est vrai, admit-il à voix basse. C'est ce que je pensais.

Mia croisa son regard et, dans ses yeux, elle lut une tristesse profonde.

— Et maintenant ? demanda-t-elle.

Luca captura son visage avec sa main et il se pencha pour effleurer ses lèvres des siennes.

— Le passé ne compte plus.

Elle prit une grande inspiration.

— Il compte pour moi, Luca. Ce jour m'a changée. Tu m'as changée. Le fait d'avoir été si brutalement abandonnée a modifié radicalement la femme que j'étais. Probablement en mieux, ajouta-t-elle. Je suis moins naïve et je prends davantage soin de moi. Tout cela compte.

— Mia..., souffla-t-il avant de la prendre dans ses bras pour l'embrasser fiévreusement.

Cherchait-il à la faire taire ? Mais elle n'avait pas fini. Aussi, malgré le désir fou qui menaçait de la faire chavirer, elle s'écarta, essoufflée.

— Tu n'es pas bon pour moi, Luca, murmura-t-elle contre sa bouche. Tu me ferais du mal. Quand nous rentrerons à Palerme, il ne faudra plus qu'on se voie. Je vais me marier. Ce sera terminé entre nous pour de bon.

En réponse, Luca l'embrassa de plus belle, puis il la souleva contre son corps trempé et la porta dans la villa jusque dans sa chambre. Alors, Mia se plongea dans le plaisir et ne se soucia plus de rien.

« Tu n'es pas bon pour moi, Luca. Tu me ferais du mal. »

Les mots de Mia résonnaient encore et encore dans son esprit comme un chant sinistre qu'il ne pouvait interrompre. De retour chez lui à Palerme, Luca était hanté par le ton triste et résolu de la jeune femme. Il aurait aimé tendre la main vers elle et l'embrasser à nouveau pour chasser cette douleur, mais c'était impossible.

Luca n'avait jamais eu le fantasme d'être un sauveur. Il avait des liaisons de temps à autre, mais il prenait toujours garde à ce qu'il n'y ait aucune attente de la part de ses éphémères petites amies. L'exemple de sa mère lui avait servi de leçon. Chaque fois que cette dernière faisait référence à son père, elle avait un regard nostalgique, et en grandissant, Luca avait peu à peu compris la vérité sur leur histoire. Sa mère était employée à Rome dans un hôtel qui appartenait à Carrick Stone. Celui-ci l'avait séduite avant de l'abandonner. Il n'avait jamais voulu de leur famille car il avait déjà la sienne en Australie. Une famille qui ne devrait jamais apprendre la vérité sur la naissance de Luca.

Pour surmonter son chagrin, sa mère avait quitté Rome pour la Sicile dont elle était originaire.

Même s'il n'avait pas le fantasme de devenir le chevalier blanc de Mia, Luca ne tenait pas non plus à lui faire du mal. Il s'était promis de ne jamais ressembler à son père, qui collectionnait les femmes et les cœurs brisés.

Luca n'avait aucun doute sur le fait que le père de Mia avait tenté de l'escroquer. Les chiffres d'affaires qu'il avait annoncés étaient falsifiés. Gianni Marini avait menti pour que son entreprise paraisse plus rentable qu'elle ne l'était, et peut-être avait-il compté sur le charme de sa belle et mystérieuse fille pour que son futur gendre n'y voie que du feu. Au départ, Luca avait présumé que Mia participait activement à cette tromperie, mais plus il la connaissait, plus il se disait que c'était *impossible*.

La jeune femme n'était tout simplement pas capable de se montrer malhonnête. Elle était trop sincère et gentille.

Ce qui signifiait que ses parents l'avaient utilisée elle aussi. Était-ce par amour pour elle ou dans un objectif plus sordide ?

La veille de leur mariage, Luca avait éprouvé une grande satisfaction à l'idée de quitter le pays sans les prévenir. Mais à présent, il comprenait qu'il avait commis une erreur vis-à-vis de Mia. La jeune femme n'était pas complice de cette escroquerie et ne l'avait jamais été. Par amour et devoir envers ses parents, elle avait accepté de se marier, d'abord avec lui puis avec Lorenzo.

Pourrait-il revoir Mia sans lui faire de mal ? Luca savait qu'il n'avait rien à lui offrir sur le long terme. Il ne souhaitait pas s'impliquer dans une relation amoureuse, encore moins un mariage, et il était hors de question pour lui d'avoir un jour des enfants. S'il revoyait Mia, il devait s'assurer de ne pas compromettre les projets de la jeune femme. Il ne voulait surtout pas lui rendre la vie plus difficile qu'elle ne l'était. Il avait terriblement envie d'elle, mais l'avenir de Mia ne le regardait pas.

— Tu ne peux pas venir ici !

Au moment où elle prononça ces paroles, Mia se rendit compte à quel point elles étaient éloignées de ce qu'elle ressentait vraiment. Elle était scandalisée, terrifiée, mais aussi follement heureuse. Car depuis leur retour de San Vito Lo Capo, deux jours auparavant, elle n'avait pensé qu'à le revoir. Comme si une partie d'elle-même lui avait été arrachée.

— Tu ne m'as pas laissé le choix, répliqua Luca avec un sourire diabolique.

La chaleur monta aux joues de Mia tandis qu'elle se levait précipitamment de son bureau pour aller refermer la porte et baisser les stores vénitiens. Puis elle se tourna vers lui, partagée entre l'envie de se jeter dans ses bras pour l'embrasser et celle de le mettre dehors.

— Le bureau de mon père est deux portes plus loin, dit-elle, le cœur battant. Tu imagines s'il t'avait *vu* ?

— J'ai attendu qu'il parte, déclara Luca, les bras croisés contre sa poitrine.

Mia resta bouche bée.

— Luca...

— Ce que nous faisons de notre temps ne regarde que nous, *cara*, coupa-t-il d'un ton plein de défi.

— Comment t'y prends-tu pour que tout paraisse si simple ? demanda-t-elle en pressant ses doigts contre son front comme pour conjurer le sort. Je vais me marier, ajouta-t-elle en brandissant sa bague de fiançailles devant les yeux de Luca.

— À un homme que tu connais à peine et dont tu te moques.

Elle laissa échapper un petit rire nerveux.

— C'est vrai, admit-elle. Mais *le fait est* que je vais l'épouser, et tu sais pourquoi. Tu es...

Luca se rapprocha et prit le visage de Mia entre ses mains. Soudain, elle se sentit en sécurité. Et étrangement calme alors même qu'une tempête faisait rage dans sa poitrine.

— Je suis ? demanda-t-il à voix basse.

— Je suis tellement en colère contre toi. Pour ce que tu m'as fait il y a un an. Je n'arrive pas à te pardonner.

Il lui lança un regard intense qu'elle ne parvint pas à déchiffrer.

— Je ne suis pas venu implorer ton pardon.

Bien sûr que non. Luca n'était pas homme à se soucier de l'opinion des autres. Qu'importe ce que Mia ressentait à son égard.

— Dans ce cas, pourquoi es-tu là ? Que veux-tu de moi ? gémit-elle car elle ne pensait plus qu'au désir fou qu'il lui inspirait.

— Une semaine, murmura-t-il en la faisant reculer jusqu'à ce qu'elle se heurte à son bureau.

Alors, il se plaqua contre elle et le regard de Mia se troubla.

— Donne-moi une semaine de ton temps, Mia. Une semaine où je t'aurai pour moi seul.

— Deux jours ne t'ont donc pas suffi ? Et ensuite, qu'arrivera-t-il ? ajouta-t-elle, le souffle court.

— Je partirai. Tu ne me verras plus.

Mia soutint son regard en tremblant. Sa proposition était si simple. Une semaine. Une semaine hors du temps, pour profiter de lui avant un retour à la vie normale. Avec un point final gravé dans le marbre qui leur permettrait d'éviter tout risque de débordement. Luca déposa un baiser très doux sur ses lèvres, ce qui ne l'aida pas à avoir l'esprit plus clair.

— Personne ne doit jamais l'apprendre, murmura-t-elle comme pour s'accrocher à cette pensée rationnelle.

— Je n'ai pas l'intention de publier une annonce.

— Je suis sérieuse, Luca, fit-elle en s'écartant pour le regarder dans les yeux. Tu as détruit ma vie une fois, et je ne veux pas que tu recommences. Tu dois respecter les règles. *Mes* règles.

Il plissa légèrement les yeux.

— Et quelles sont-elles ?

Mia fronça les sourcils pour se concentrer.

— Nous devons garder le secret, déclara-t-elle. Ne pas être vus ensemble en public. Il ne faut plus que tu viennes à mon bureau. Ni que tu me suives quand je fais mes essayages de robes de mariée. Il n'y aura aucune sortie au restaurant. Mes parents et ceux de Lorenzo connaissent à peu près tout le monde en Sicile. Il n'y a aucun endroit sûr.

— À part chez moi, fit remarquer Luca.

Un frisson d'excitation la parcourut.

— Oui, concéda-t-elle d'un ton prudent.

— C'est tout ?

— Une semaine, décréta Mia. Pas un jour de plus. Tout cela est absurde. Je dois me concentrer sur ma nouvelle vie, ce qui est impossible quand tu es là. Alors, au bout d'une semaine, tu partiras, comme tu l'as dit.

Luca hocha la tête.

— J'ai déjà accepté cela.

— Tu avais aussi accepté de m'épouser, répliqua-t-elle.

Un silence pesant s'installa dans la pièce.

— À mon tour, déclara-t-il.

— De quoi ?

— De donner mes règles. Je ferai mon possible pour que personne ne l'apprenne, je te le promets, mais tu es totalement et entièrement à moi pour la semaine prochaine. Tu peux dire ou demander ce que tu veux, mais tu seras dans mon lit pour les sept prochains jours.

Mia entrouvrit les lèvres et lui lança un regard où se mêlaient la terreur et la joie. Cela semblait si merveilleux, si paradisiaque. Mais ce n'était pas la réalité.

— Je ne peux pas...

Il pressa un doigt sur ses lèvres.

— *Tu peux.*

Aussitôt, Mia se mit à échafauder en pensées des excuses pour expliquer son absence à ses parents.

— Je vais essayer, dit-elle en songeant à sa meilleure amie Caroline.

Mia avait récemment exprimé son souhait de lui rendre visite à Londres. Elle pourrait annoncer à Jennifer et Gianni qu'elle avait décidé sur un coup de tête d'aller y passer la semaine. À cette idée, une bouffée d'excitation la gagna.

— Autre chose ? demanda-t-elle, le souffle court.

Luca la fixa et elle vit danser des étincelles dans ses yeux sombres.

— Non, dit-il en pressant ses hanches contre elle, et elle gémit en sentant son sexe en érection. Ma voiture t'attend au coin de la rue. Ne me fais pas attendre, Mia.

— D'accord.

— Tu me le promets ?

Tout son univers ralentit jusqu'à ce que le monde cesse de tourner. Debout face à un précipice, Mia savait qu'elle aurait dû être tourmentée par le doute mais, en vérité, tout était simple, évident, et *juste*.

— Je te le promets, murmura-t-elle d'une voix rauque.

6

Mia s’était attendue à ce que la limousine les conduise à la villa de Luca à Palerme, mais au lieu de cela, dix minutes après avoir quitté son bureau, elle comprit qu’ils reprenaient la route vers San Vito Lo Capo. Elle en fut heureuse et soulagée. D’abord parce que la capitale était un lieu risqué où l’on pouvait les surprendre, et aussi en raison de cette parenthèse hors du temps qui serait encore plus agréable en dehors de leur environnement habituel.

— Je n’ai que les vêtements que je porte, précisa-t-elle en baissant les yeux vers sa tenue.

— Tu n’auras pas besoin de vêtements, répondit Luca à voix basse en posant une main sur sa cuisse.

Une flamme de désir la brûla.

— Luca…, murmura-t-elle.

— Fais-moi confiance.

Mia lui lança un regard furtif avant de détourner les yeux vers la fenêtre. Il avait beau être l’objet de tous ses fantasmes, Luca n’était pas digne de confiance. Elle devait à tout prix s’en souvenir et s’en tenir à cette incroyable alchimie qu’ils partageaient. Rien de plus. Ce n’était pas la vie réelle.

Quand ils arrivèrent à la villa, le soleil déclinait et la lumière rasante soulignait l’incroyable panorama vallonné de la petite cité balnéaire. Debout sur le perron, Mia contempla la vue époustouflante en soupirant.

L’avenir était sombre et incertain mais, pour le moment, tout se passait exactement comme il le fallait et elle avait l'intention d'en profiter pleinement. Avant d'épouser Lorenzo, elle devait aller au bout de cette histoire avec Luca. Ce ne serait pas honnête de se marier avec un homme en en désirant un autre. À l'issue de cette semaine, Mia ferait ses adieux à Luca, déterminée à poursuivre sa vie et à le laisser là où il devait demeurer : dans le passé. Et quand elle repenserait à lui par la suite, ce ne serait pas pour ressasser les blessures qu'il lui avait infligées mais plutôt la manière dont il l'avait éveillée à la sensualité et aidée à retrouver sa confiance en elle.

— Tu es prête ? demanda-t-il à côté d'elle en entremêlant ses doigts aux siens.

Mia contempla le ciel un instant de plus, pensant aux couchers de soleil et aux promesses de nouveau départ, puis elle se tourna vers Luca et cligna des yeux comme si elle le voyait pour la première fois. Car, si elle était entièrement à lui pour la semaine qui s'annonçait, lui aussi était à elle.

— Oui, répliqua-t-elle, le cœur battant.

— Bien. Parce que je sais exactement ce que je veux faire de toi en premier.

Il prit Mia par la main et la conduisit à travers la villa mais, au lieu de se rendre dans la chambre qu'ils avaient partagée quelques jours plus tôt, il se dirigea vers la terrasse en pierre baignée de lumière rose, près de la piscine à débordement.

— Tourne-toi, murmura-t-il d'une voix rauque.

Elle s'exécuta, le cœur battant. Luca abaissa la fermeture Éclair de sa robe et la fit glisser au sol, laissant Mia en sous-vêtements. Habituellement, celle-ci aurait été gênée d'être ainsi exposée mais, étrangement, elle se sentait en confiance avec lui et, pour la première fois de sa vie, elle se délectait à l'idée qu'on la voie dénudée.

Il y eut un bruissement de vêtements, puis le corps nu de Luca vint se presser dans son dos et elle frémit de plaisir. Il l'entoura de ses bras et posa son menton sur son épaule. Mia se mit à trembler légèrement, et quand il enleva son soutien-gorge et sa culotte, elle fut parcourue d'un frisson délicieux.

— Tu es magnifique, dit-il d'une voix émerveillée. Et tu es à moi.

— Pour une semaine seulement, lui rappela-t-elle tandis qu'une vague de chaleur se répandait dans son corps.

Quand Luca déclarait qu'il la trouvait belle, Mia le croyait, et les brimades de sa mère n'étaient plus qu'un lointain souvenir. Ses yeux brillèrent lorsqu'il la souleva contre lui pour la porter jusque dans la piscine. Et quand l'eau tiède les enveloppa, la sensation délicieuse de leurs corps serrés l'un contre l'autre la fit chavirer.

Luca l'embrassa et Mia s'abandonna à lui dans un tourbillon de plaisir. Elle se sentait belle, précieuse et puissante. Elle se sentait bien, tout simplement, et elle se prit à rêver que cela ne s'arrête jamais. Même pas – elle le comprenait douloureusement à présent – à la fin de cette semaine.

Leurs mains étaient entrelacées au-dessus de la table tandis qu'une dame vêtue d'un tablier noir déposait devant eux un plateau chargé de risotto, de langoustines et de salade.

« C'est ma gouvernante, avait expliqué Luca à Mia un peu plus tôt, quand elle avait été prise de panique en entendant la porte de la villa s'ouvrir. Tu peux lui faire confiance. Elle travaille pour moi depuis très longtemps et, avant cela, elle était amie avec ma mère. Elle ne dira à personne que tu es là. »

Toujours ce mot. *Confiance*.

Mia adressa un sourire à la femme plus âgée qui s'affairait avec une bouteille de vin puis, lorsqu'ils furent de nouveau seuls sur la terrasse éclairée par les étoiles, et parfumée de chèvrefeuille et de jasmin, elle retira doucement sa main et leva les yeux vers Luca.

— Est-ce que tu lui fais confiance ?

Il soutint son regard et saisit son verre de vin blanc avant d'en boire une gorgée.

— À Catarina ? Je lui confierais ma vie.

Mia fronça les sourcils.

— Tu ne t'attendais pas à cette réponse, reprit-il en souriant.

— Non, admit-elle avant de croquer dans une langoustine. Mmm, c'est délicieux.

— Pourquoi ? insista-t-il.

— Eh bien, tu ne me sembles pas être un homme qui accorde facilement sa confiance. Ni qui permette aux gens de s'approcher de lui.

— Tu es proche, regarde, répliqua-t-il en la caressant sous la table.

Mia sourit en levant les yeux au ciel.

— Tu sais bien que ce n'est pas ce que je veux dire.

Luca se contenta de boire une autre gorgée de vin.

— Alors ? fit-elle en se penchant en avant, les coudes sur la table.

— Que veux-tu savoir ? répliqua-t-il avec une certaine réserve dans la voix qui ne découragea pas Mia pour autant.

— Pourquoi es-tu si solitaire ?

— Pourquoi ? répéta Luca d'un ton amusé. Mille raisons peuvent l'expliquer.

— Cite-m'en au moins une.

— Pour quel motif tiens-tu autant à le savoir ?

— Eh bien, nous sommes ici pour une semaine et nous n'allons pas passer tout notre temps au lit, n'est-ce pas ? fit-elle en rougissant.

— Es-tu en train de me lancer un défi ?

Mia baissa les yeux vers la table.

— Je veux te comprendre, Luca.

Il tendit la main et lui releva le menton. En croisant son regard sombre, le cœur de Mia se mit à battre plus fort.

— Ça ne fait pas partie de notre accord, murmura-t-il.

— C'est de cette manière que tu te comportes avec les femmes ? Tu couches avec elles, mais tu refuses de leur parler ?

— Je discute sans problème avec elles.

— Je veux dire, de parler de ce qui compte.

Le regard de Luca s'assombrit, et il retira sa main avant de saisir à nouveau son verre et d'en boire une gorgée.

— Je n'ai pas de relations sérieuses, admit-il. Ce ne serait pas juste.

— Non ?

— Pourquoi entretenir une liaison lorsqu'on n'a aucune intention de se marier ?

— Je suis sûre que beaucoup de femmes seraient prêtes à sortir avec toi sans en attendre davantage.

Mais au fond, elle savait que ce n'était pas vrai. Qui ne rêverait pas de s'engager avec un homme tel que Luca ?

Qu'en est-il de toi ? résonna une voix moqueuse dans sa tête.

Mia baissa les yeux vers sa bague de fiançailles et elle se sentit aussitôt soulagée. Ce bijou était un ancrage dans la vraie vie. Et un rappel à son devoir. Même si au terme de leur escapade elle désirait encore Luca, ce serait impossible de poursuivre cette histoire, car elle était *obligée* d'épouser Lorenzo. Elle l'avait promis à ses parents. Son père était désespéré de prendre sa retraite. Suffisamment pour être prêt à vendre la société familiale, à condition que Mia fasse partie de la transaction. Ainsi, elle conserverait un intérêt dans cette entreprise que ses arrière-grands-parents avaient bâtie à partir de rien.

Une impression étrange flottait aux confins de son esprit, comme une menace sombre qu'elle ne parvenait pas à identifier.

Son père était stressé, ces derniers temps. Mais était-ce si surprenant ? Après le fiasco de l'année précédente, sans doute ressentait-il la même angoisse que Mia à l'idée de subir un nouvel échec.

— J'ai pour règle de ne jamais m'impliquer dans une relation, déclara Luca. Je fréquente des femmes de temps en temps, mais je prends toujours garde à ne rien promettre que je ne sois en mesure d'offrir, ajouta-t-il en reposant son verre. Les conversations personnelles ne sont pas… nécessaires.

Mia fronça les sourcils.

— Donc tu te contentes de coucher avec elles.

— Ça me va très bien ainsi.

Elle détourna le regard vers le ciel sombre au-dessus de l'océan noir et scintillant.

— Je ne sais pas pourquoi, mais ça me rend un peu triste pour toi, murmura-t-elle.

Luca marqua une pause avant de prendre la parole.

— C'est inutile. Ma vie me convient telle qu'elle est.

Mia hocha la tête, convaincue qu'il disait la vérité. Ils étaient différents, voilà tout, et puis au fond, quelle importance puisque, à l'issue de cette semaine, ils ne se reverraient jamais ?

Le fait qu'ils sachent tous deux que leur temps ensemble était compté déclencha un nouveau sentiment d'urgence, car ils voulaient profiter au maximum l'un de l'autre. C'est l'épuisement qui fit sombrer Mia dans le sommeil cette première nuit. Quand ses paupières lui semblèrent lourdes et que son corps hypersensible s'apaisa enfin, Luca l'attira doucement contre sa poitrine. La dernière chose qu'elle perçut avant de fermer les yeux, entourée de son bras puissant, fut les battements de son cœur.

Luca nagea d'un bout à l'autre de la crique comme il le faisait la plupart du temps le matin quand il était là. En général, il se contentait ensuite d'un petit déjeuner léger avant de s'enfermer dans son bureau où il était en contact avec ses antennes de Milan, Sydney, New York ou Singapour.

Mais aujourd'hui, Luca n'avait pas envie de travailler.

Il n'avait envie que de Mia.

Une bouffée de colère l'envahit et il accéléra la cadence. Il avait passé des heures la nuit dernière à lui donner du plaisir et à s'abandonner à celui qu'elle lui offrait en retour, et pourtant, son corps était encore affamé d'elle. Ce désir insensé occupait toutes ses pensées. C'était insupportable. La jeune femme était comme un aimant qui l'attirait vers elle.

Luca s'immobilisa dans l'eau, face à la villa, et il contempla un instant le bâtiment en pierres anciennes, se demandant ce que faisait Mia en cet instant. Il imagina les courbes sensuelles de son corps nu allongé entre les draps en soie noire de son lit. Peut-être venait-elle de se réveiller, encore embrumée de sommeil, et une image envoûtante de Mia se caressant doucement en pensant à lui s'imposa dans son esprit brûlant.

Luca soupira et sortit de l'eau, déterminé à aller la retrouver le plus vite possible.

Il leur restait encore six jours et six nuits ensemble. Il n'avait pas l'intention d'en gaspiller une minute de plus.

Le bateau était tout ce à quoi Mia aurait pu s'attendre : luxueux, rapide et profilé. Vêtu d'un simple short en coton bleu marine, Luca le conduisait avec une aisance experte. Elle le contempla un moment, rêveuse, avant de reporter son attention sur la côte.

C'est fou comme cet endroit dans lequel elle se sentait si mal autrefois lui apparaissait aujourd'hui comme un paradis. Mia faillit demander à Luca de stopper le moteur pour plonger dans les eaux cristallines de la baie et se sentir belle, comme il le prétendait. Elle avait envie d'effacer les brimades que sa mère avait doucement et insidieusement instillées dans son être tout au long de sa vie.

Vue du large, la cité balnéaire lui fit penser à une carte postale, avec ses petites maisons qui bordaient le front de mer, ses échoppes colorées, ses restaurants ornés de parasols et ses glaciers devant lesquels la foule se pressait dans la chaleur de l'après-midi.

Mia soupira, un sourire mélancolique au coin des lèvres, puis elle attrapa la bouteille de citronnade que Luca avait apportée, avant de s'allonger sur la banquette.

— À quoi penses-tu ? demanda-t-il, et elle se tourna vers lui, surprise du ton sérieux qu'il venait d'employer.

Elle détourna les yeux vers l'eau turquoise.

— Je constatais à quel point c'était différent d'être là avec toi par rapport à l'époque où je venais quand j'étais plus jeune.

Mia s'interrompit et devina qu'elle rougissait.

— Je veux dire que je me sens… *bien* maintenant.

— Ce n'était pas le cas avant ? fit-il en fronçant les sourcils.

— Je croyais que nous ne devions pas avoir de conversation sérieuse, éluda-t-elle en souriant.

— Tu n'as pas envie d'en parler ? demanda Luca.

Elle eut un petit rire et secoua la tête.

— Ce n'est pas important.

Un silence s'installa et Mia présuma que le sujet était clos mais, alors, Luca arrêta le moteur du bateau. Puis il s'approcha d'elle et lui prit la main.

— J'aimerais vraiment savoir à quoi tu pensais.

Peut-être insistait-il seulement par politesse mais Mia fut touchée par cette marque d'attention.

Elle cligna les yeux et fixa les eaux cristallines.

« Ce serait peut-être une bonne idée que tu sautes le petit déjeuner pendant un moment, Mia… »

— Nous avions l'habitude de venir ici en vacances, dit-elle d'une petite voix. J'adorais cet endroit. Quand j'étais enfant, je passais des heures dans l'eau. Et puis, vers l'âge de douze ans, tout a commencé à changer. Je suis devenue plus lourde, plus maladroite. Ma mère a pris l'habitude de me peser régulièrement en fronçant les sourcils.

Elle se tourna furtivement vers Luca, et lut dans son regard un mélange de surprise et de colère.

— Les séances de baignade se sont transformées en calvaire à l'adolescence, reprit-elle. Elle ne cessait de me critiquer. J'ai fini par ne plus sortir en bateau avec eux, puis par ne plus venir du tout ici. Je me couvrais le plus possible pour qu'on ne me voie pas. Mais les remarques ont continué à la maison. Ma mère ne cessait de me montrer à quel point elle était déçue que je ne lui ressemble pas davantage.

Luca se tourna vers l'océan qu'il contempla sans un mot, attendant qu'elle poursuive.

— Ma mère est une femme très belle. Combien de fois l'ai-je entendue se lamenter sur le fait qu'aucun de ses vêtements ne m'allait ? Elle aurait aimé avoir une fille qui lui ressemble. Au lieu de cela, elle en a adopté une qui est petite et ronde.

Mia s'interrompit en fermant les yeux, mortifiée d'en avoir autant révélé à Luca.

Celui-ci se retourna brusquement avant de s'approcher d'elle, le visage tendu.

— Mia, tu es magnifique. Et je dis cela de façon objective, pas parce que je suis obsédé par ton corps et par l'envie de te faire l'amour. Quand je t'ai rencontrée la première fois, je n'arrivais pas à te sortir de mon esprit. Tu le *sais*.

Elle secoua la tête comme s'il lui était impossible d'accepter que Luca puisse être fou de désir pour elle. Pourtant, n'en avait-elle pas suffisamment eu la preuve au cours de ces derniers jours ?

— Il faut être sacrément tordue pour détruire ainsi l'estime de soi d'une adolescente vulnérable, grommela-t-il.

Mia haussa les épaules.

— Je crois sincèrement que ses intentions étaient bonnes. Elle voulait m'encourager à perdre du poids. Je ressemble beaucoup à ma mère biologique.

Il plissa les yeux.

— Pourquoi diable cherchait-elle à ce que tu perdes du poids ?

Mia prit une grande inspiration.

— La beauté est importante à ses yeux et...

— Mia, écoute-moi, coupa Luca d'un ton vif. Laissons de côté un instant le fait incontestable que tu es magnifique et concentrons-nous sur autre chose. Veux-tu savoir ce qui s'est passé, selon moi ?

Elle acquiesça et il vint s'asseoir sur la banquette, si près d'elle qu'elle sentit la chaleur de son corps l'envelopper comme une caresse.

— Je pense que, quand tu es rentrée du pensionnat, tu étais devenue une femme, et ta mère a été jalouse. Parce que tu étais jeune et belle, et que, soudain, tu lui faisais de la concurrence. J'ai connu des femmes comme elle qui ne supportent pas d'être éclipsées, y compris par des membres de leur propre famille. C'est ta mère qui a un problème, pas toi.

Mia leva les yeux vers Luca et elle eut l'impression que son regard transperçait son âme. Son cœur se mit à battre plus vite et plus fort. Cela pourrait-il être vrai ?

— Non seulement tu es belle, mais tu brilles de l'intérieur, poursuivit-il en posant une main sur sa poitrine. Tu rayonnes de vie, de joie et de gentillesse. Des qualités dont ta mère est dépourvue. Ne laisse plus ses opinions t'empoisonner, *cara*. Tu vaux bien mieux que cela.

En entendant Luca, cela semblait si facile à croire. Soudain, Mia eut le sentiment d'être libérée d'un poids qui l'entravait depuis toujours.

— Ce n'est pas comme si je me souciais beaucoup de mon apparence, murmura-t-elle en fronçant les sourcils.

— Tu as perdu du poids depuis notre mariage, dit-il lentement.

— Il n'y a pas eu de mariage, répliqua Mia en détournant le regard. Et puis, ce n'était pas intentionnel.

— Je détesterais que tu aies pu croire que ce qu'il s'est passé ce jour-là avait quelque chose à voir avec ton apparence ou mon manque de désir pour toi.

Elle pâlit en secouant la tête.

— Est-ce qu'on peut ne pas parler de cela, s'il te plaît ?

— Mia, c'est important.

— Non, s'exclama-t-elle. Mon opinion n'a pas d'importance.

— Elle en a pour moi.

— Pourquoi ? s'écria Mia en se levant pour aller à l'avant du bateau et fixer l'océan, les mains agrippées à la balustrade. Pourquoi t'en soucies-tu, Luca ? C'est toi qui m'as dit que tu ne voulais pas avoir de conversation sérieuse, alors pour quelle raison insistes-tu ? Laisse tomber, je t'en prie, acheva-t-elle d'une voix brisée.

— Dès que tu te seras expliquée, je ne t'en parlerai plus, c'est promis, déclara-t-il avec douceur.

Elle lui lança un regard brillant.

— C'est du passé et c'est douloureux. À quoi bon déterrer quelque chose qui fait souffrir ?

— Si c'est une douleur que j'ai causée, j'ai le droit de savoir.

— Mon Dieu, Luca, que veux-tu que je te dise ? Que le fait que tu ne sois pas venu à notre mariage ne m'a pas affectée ?

Elle s'interrompit quelques secondes et secoua tristement la tête.

— J'étais anéantie. Tu m'as humiliée. Pire encore, tu as confirmé tous les sentiments négatifs que j'éprouvais à mon égard. Ceux que ma mère avait imprimés en moi. Je me suis sentie sans valeur, indésirable. Et tellement ridicule.

Elle releva le menton et le fixa d'un air de défi avant de reprendre, la voix tremblante.

— Je crois sincèrement que tu n'avais pas l'intention de me faire du mal. Pour toi, je n'étais qu'une partie d'un accord dont tu ne voulais plus. Mais ce que tu as fait ce jour-là m'a brisée. Et je m'étais juré de ne jamais te l'avouer, acheva-t-elle.

— Ne fais plus jamais ça, dit Luca en traversant le pont jusqu'à elle pour la prendre dans ses bras. Je mérite de savoir tout ce qui s'est passé, ajouta-t-il en la fixant de ses yeux sombres où l'émotion tourbillonnait comme une tempête. Tu as raison. Mais je ne suis pas parti parce que je ne te désirais pas. Au contraire. Je te désirais tellement que ça m'a fait peur. Et c'est toujours le cas.

Mia se mit à trembler et, soudain, elle eut l'impression que son univers basculait.

— J'ai refusé ce mariage à cause de tes parents. Pas à cause de toi.

Elle ferma les yeux, détestant réaliser à quel point elle avait envie de lui et comme tout était compliqué.

— J'ai travaillé dur pour bâtir ma fortune et ma vie, reprit

Luca sans la quitter des yeux. Pour sortir des bidonvilles de Sicile et prouver à ce père qui n'avait pas eu un regard pour moi que je valais mieux que tout ce qu'il croyait. L'idée que quelqu'un essaie d'anéantir ce que j'avais accompli m'a rendu fou. Et c'est toi qui as fait les frais de ma colère.

Un froncement de sourcils assombrit le visage de Luca.

— Je suis désolé, Mia. Si je pouvais revenir en arrière, je le ferais. Mais écoute-moi : tu es belle maintenant, tu l'étais alors et tu le seras toujours. Je regrette tellement que ta mère t'ait donné des raisons d'en douter et que mon comportement ait pu renforcer cette impression.

Une larme coula sur sa joue tandis qu'elle secouait la tête.

Mais quand il l'embrassa, elle se laissa faire et se détendit entièrement. Car ce n'était qu'un baiser. C'était seulement physique. Le cœur de Mia était plus verrouillé que jamais. Comme celui de Luca. C'était plus sûr car ainsi, quand ils reprendraient chacun le cours de leur vie, tout irait bien.

— Alors, comment se déroule ce séjour en Angleterre ?

Le cœur de Mia fit un bond en entendant la voix de son père résonner à l'autre bout de la ligne. L'idée de mentir lui faisait horreur. Elle posa son regard sur l'éblouissante plage de sable blanc et contempla la silhouette de Luca qui courait le long du rivage.

— Tout se passe à merveille.

— Vous faites du shopping avant le mariage ?

Mia serra son téléphone entre ses doigts. À mesure que la cérémonie approchait, ses certitudes commençaient à vaciller. Elle savait que cette union comptait pour ses parents et pour l'entreprise, mais qu'en était-il d'elle ? Elle voulait échapper à l'amour oppressant des Marini, mais était-ce vraiment l'unique moyen d'accéder à cette liberté ?

— Papa, je voulais te demander quelque chose, fit-elle sans répondre à la question de son père. Tu aurais une minute ?

— Il m'en reste deux l'avant l'arrivée de mon rendez-vous.

— Super, ça ne prendra pas longtemps, murmura Mia, le ventre noué. Il s'agit de Luca Cavallaro.

Un silence pesant s'installa sur la ligne.

— Cette ordure, grommela Gianni Marini. Eh bien, qu'en est-il de lui ?

Les joues de Mia la brûlèrent.

— Savais-tu, avant le jour du mariage, qu'il avait… des doutes ?

Un nouveau silence crépita quelques secondes.

— De quel genre de question s'agit-il ? finit par bafouiller Gianni d'un ton indigné.

— Je suis curieuse.

— En ce qui me concerne, Mia, ce mariage allait vraiment avoir lieu.

Elle soupira, frustrée. Luca l'avait blessée, mais il était d'une honnêteté impitoyable. Il n'aurait pas déclaré avoir eu une conversation avec Gianni Marini si celle-ci n'avait pas eu lieu. Était-il possible que son père ait mal compris ?

— Qu'y a-t-il, Mia ? s'impatienta celui-ci. Cavallaro fait partie du passé. Lorenzo est un homme bon. Sa famille est riche et puissante. L'entreprise sera entre de bonnes mains.

— Et moi aussi ? demanda-t-elle en frissonnant.

— Oui, oui, bien sûr. Maintenant, je dois te laisser.

7

Luca interrompit son jogging en fronçant les sourcils. Qu'était-il en train de faire ? Sa relation avec Mia était différente de tout ce qu'il avait vécu. Avec ses grands yeux éblouissants et ses multiples facettes, la jeune femme lui évoquait un diamant, comparable à ceux que vendait son père. Chaque fois qu'il pensait l'avoir comprise, elle révélait un autre aspect d'elle-même. Une vie entière ne serait pas suffisante pour la connaître pleinement.

Mais ce serait à son mari de le découvrir.

Luca serra les dents, s'efforçant de ne pas penser au fait que cela aurait pu être lui.

Il ferma les yeux un instant en reprenant son chemin vers la villa, essayant de résumer les étapes marquantes de sa vie qui avaient fait de lui l'homme qu'il était devenu. Les difficultés de son enfance. La pauvreté de sa mère qui, malgré son travail de labeur, avait forgé en lui la détermination de ne plus jamais souffrir de la faim et de devenir si riche que l'argent lui-même en deviendrait inconséquent. Puis, sa mort soudaine et brutale, et le sentiment tout à coup que son univers s'effondrait. Sa mère n'avait jamais été particulièrement aimante avec lui – sans doute parce que les blessures que son père lui avait infligées avaient fermé son cœur – mais elle avait été un socle permanent et un soutien sans faille, même lorsqu'elle était épuisée.

Elle lui avait manqué terriblement.

Et alors, le monde de Luca avait à nouveau basculé lorsqu'un avocat était arrivé, vêtu d'un costume gris élégant, dans une voiture encore plus luxueuse. Il avait fait entrer Luca dans la limousine, puis ils s'étaient rendus dans un aéroport où un jet rutilant les avait conduits jusqu'aux paysages inconnus et sauvages de l'Australie.

Luca avait immédiatement détesté son père.

Et cela s'était transformé en haine lorsque ce dernier lui avait appris qu'il avait un frère de trois mois de plus que lui.

À douze ans, Luca était assez mûr pour comprendre ce que cela signifiait. Il avait été conçu alors que l'épouse de son père était enceinte de Max. Carrick Stone avait donc trompé les deux femmes.

Était-il étonnant que son mariage ait été dissous à la suite de cette révélation ? Bien plus qu'une dissolution, cela avait été une explosion nucléaire, avec des étincelles, des flammes et des dommages collatéraux, matérialisés sous la forme de deux jeunes garçons, obligés d'assister à un déchaînement de violence entre deux adultes.

Tous ces moments avaient façonné Luca, et sa vision de la vie, de la famille et des relations en général. Sa confiance était dure à gagner, mais Max y était parvenu.

Leurs rapports avaient été compliqués au début. Leur père semblait prendre du plaisir à les monter l'un contre l'autre et à alimenter entre eux un sentiment de compétition. Mais peu à peu, cette concurrence s'était transformée en respect mutuel, puis en prise de conscience que les deux frères avaient bien plus en commun qu'ils ne le croyaient, et que leurs différences pouvaient au contraire les unir et les renforcer.

À présent, ils étaient soudés comme les doigts de la main.

À une dissemblance près : Luca avait juré que jamais il ne toucherait à un centime de la fortune des Stone et, d'ailleurs, il avait bâti lui-même son empire, ne comptant que sur son talent et son courage. Il avait travaillé dur, plus que quiconque, pour atteindre le sommet et prouver à son père qu'il n'avait pas besoin

de lui. Ou que celui-ci n'aurait pas dû l'ignorer comme il l'avait fait durant les douze premières années de sa vie. Il était difficile de se débarrasser du sentiment profondément enfoui de ne pas avoir été désiré, et Luca avait appris que le meilleur moyen de vaincre cette vulnérabilité était de ne jamais avoir besoin de personne.

Il ne souffrirait pas s'il restait seul, indifférent au sort des autres.

Mais Mia...

Il arriva sur la terrasse et cligna des yeux avant que son regard ne se porte sur la jeune femme. Elle était allongée sur un transat et, en voyant son corps tendre aux teintes caramel ainsi que ses mèches blondes et soyeuses étalées autour de son visage aux yeux clos, Luca fut pris d'une envie soudaine de la caresser.

Mia n'était pas son problème. Il devait à tout prix s'en souvenir. Cette semaine était une parenthèse unique. Un moment d'indulgence qu'il s'était accordé, mais ensuite ce serait fini. Il n'avait pas besoin d'elle. Il n'avait besoin de personne.

En revanche, cela ne l'empêchait pas de vouloir réparer quelque chose qu'il soupçonnait avoir en partie brisé chez la jeune femme. Luca sortit son téléphone et passa quelques coups de fil tandis qu'une bouffée de joie l'envahissait en imaginant sa réaction quand elle apprendrait ce qu'il avait fait.

— Qu'est-ce que c'est que tout ça ? s'exclama Mia en contemplant la montagne de sacs disposés devant elle.

— Tu n'as pas eu le temps de faire ta valise, répondit Luca en guise d'explication.

En lisant le nom des créateurs qui figuraient sur les sacs que Luca venait de déposer sur le lit à côté d'elle, Mia devina qu'il avait certainement dépensé une petite fortune pour elle. Surtout quand ses yeux se posèrent sur une pochette en cuir bordeaux ornée d'un *Stone* écrit en lettres d'or. La marque de joaillerie de sa famille faisait partie des plus prestigieuses au monde. Et des plus chères.

— Luca..., fit-elle d'une voix faible en se tournant vers lui.

— Ce ne sont que quelques bouts de tissu, répliqua-t-il d'un air désinvolte.

— Je déteste faire du shopping, avoua Mia en secouant la tête.

— Ça tombe bien, quelqu'un s'en est chargé pour toi.

— Qui ça ?

— Une de mes assistantes.

— Tu as demandé à l'une de tes assistantes d'aller m'acheter des vêtements ? s'exclama Mia, confuse, en levant les yeux vers Luca. Mais enfin, pourquoi ?

— J'ai bien le droit de t'offrir un cadeau.

— Il ne s'agit pas d'*un* cadeau, mais d'une *montagne* de cadeaux ! C'est... extravagant. Et puis, je me sentirais gênée de les garder... après cette semaine.

— Eh bien, tu en feras don à une association caritative. Mais pour l'instant, accorde-moi le plaisir de te voir les essayer.

Cela aurait été ingrat et grossier de refuser, même si Mia avait les essayages en horreur. Cependant, les vêtements que l'assistante de Luca avait choisis étaient si beaux qu'elle apprécia vite de se glisser dans les étoffes soyeuses, les jupes délicates et les jeans moulants. Tout lui allait parfaitement.

— Ils sont magnifiques, avoua-t-elle, émue, en adressant un sourire à Luca.

Celui-ci s'approcha d'elle et glissa ses mains autour de sa taille en la regardant dans les yeux.

— C'est toi qui es belle, Mia. Pas ces vêtements.

Son cœur s'emballa dans sa poitrine. Elle le croyait à présent. Elle n'avait plus de doutes.

— Et maintenant, ceci, fit-il en lui tendant la pochette en cuir.

— Qu'est-ce que c'est ?

— Quelque chose que j'aimerais que tu aies.

Mia se mordilla la lèvre tandis qu'une nuée de papillons s'élevaient au creux de son ventre. Dieu merci, la boîte qu'elle sortit de la pochette n'était pas adaptée à une bague et elle ne put réprimer

un soupir de soulagement. Cela lui aurait rappelé celle que Luca lui avait offerte, un an auparavant. *Non*, songea-t-elle tristement. Il ne la lui avait même pas offerte. Le bijou avait été envoyé à son père, qui le lui avait remis sans cérémonie particulière.

« Un plus gros diamant aurait affiné tes doigts, Mia, s'était exclamée sa mère. Quel dommage ! »

De son côté, Mia avait adoré la bague. Petite et fine, elle se composait d'un simple anneau en or, serti d'une émeraude qui captait la lumière et la réfractait dans la pièce.

Mia l'avait fait renvoyer à Luca par son assistante la semaine qui avait suivi leur non-mariage.

Elle n'aurait pas pu supporter de la garder.

Les doigts tremblants, elle souleva le couvercle de la boîte en velours noir et cessa de respirer à la vue du collier qui se trouvait à l'intérieur. Ses parents auraient été ravis : le bijou était à la fois d'une beauté exquise et d'une grande valeur.

Elle fit doucement glisser son index sur la chaîne en platine ornée de jolis diamants ronds séparés chacun d'un centimètre, jusqu'à un solitaire central en forme de goutte, entouré de chaque côté par trois diamants plus petits.

Le collier était absolument sublime, bien plus précieux que tout ce qu'elle possédait, et pourtant, Mia eut aussitôt le sentiment qu'elle pourrait le porter naturellement.

Luca avait bien choisi. Ou alors était-ce son assistante ?

— Tu me permets ? murmura-t-il.

Elle hocha la tête et souleva ses cheveux en tournant le dos à Luca pour qu'il lui attache le collier. Quand ses doigts effleurèrent sa nuque, elle ne put réprimer un frisson, puis elle leva la main pour toucher les pierres. Elle se tourna pour faire face au miroir, et son cœur se mit à battre plus vite en apercevant son reflet.

Ce n'était pas seulement le bijou. Ni les vêtements qu'elle portait. Ni l'homme incroyablement sexy qui se tenait derrière elle. C'était une combinaison de tout cela. C'était le fait de se trouver chez Luca, dans ce lieu qu'il lui avait fait aimer à nouveau.

C'était de se voir pleinement heureuse et de se rendre compte que cette réalité aurait pu être la sienne.

Si les aléas de la vie n'avaient pas amené Luca à se détourner d'elle. S'il l'avait attendue devant l'autel avec ses yeux sombres, vêtu d'un smoking, Mia serait aujourd'hui Mme Luca Cavallaro.

Et alors ? souffla une petite voix dans sa tête. *Tu serais dévastée de tristesse en pensant aux enfants qu'il ne te donnerait jamais. Désespérée d'attendre l'amour qu'il te refuserait.*

En cet instant, Mia comprit que, si elle avait épousé Luca, elle serait tombée entièrement et éperdument amoureuse de lui. Elle aurait voulu bien plus que ce qu'il était prêt à lui offrir et, malgré ces pièges enchanteurs, elle aurait été profondément malheureuse.

Tout cela n'était qu'une illusion.

En dépit du bonheur qui se répandait en elle, menaçant de lui faire tout oublier, Mia devait s'accrocher à la réalité. Car rien de tout cela n'était réel. Rien de tout cela n'existerait plus à la fin de la semaine.

Même si elle tenait à ce que leur discussion reste légère et décontractée, elle ne put s'empêcher de chercher à comprendre le seul point qui, pour elle, n'avait aucun sens.

— Pourquoi ces cadeaux ? demanda-t-elle en croisant les yeux sombres de Luca dans le reflet du miroir.

— J'en avais envie, répliqua-t-il.

— D'accord, mais pourquoi ? insista-t-elle.

— Toutes ces questions...

— Une seule, à laquelle tu n'as pas répondu.

Luca posa ses mains sur les hanches de Mia pour la faire pivoter afin qu'elle soit face à lui.

— Parce que tu le mérites, murmura-t-il. Et parce que je suis désolé. J'ai passé l'année dernière à me convaincre que tu étais aussi fautive que tes parents et maintenant...

— Maintenant ?

— Je sais que ce n'est pas le cas.

Mia fronça les sourcils.

— Qu'est-ce qui te fait dire ça ?

— Je le sais, c'est tout. J'avais tort à ton sujet. Je t'ai mal traitée et je le regrette. Je t'en prie, accepte mes excuses.

Ce collier était donc une façon d'exprimer sa culpabilité ? Elle aurait aimé que cela ne ternisse pas la beauté de ce moment, mais c'était le cas. Un an auparavant, elle aurait donné n'importe quoi pour que Luca lui demande pardon.

— Pourquoi détestes-tu autant mes parents ? s'écria-t-elle.

— Toujours des questions...

— Tu ne crois pas que je mérite une explication, Luca ?

— La véritable question est peut-être de savoir comment ne pas les détester, finit-il par murmurer. Après tout ce que tu m'as raconté à propos de ta mère et ce à quoi ils sont prêts pour t'échanger avec l'entreprise...

— Ce n'est pas tout à fait ainsi que cela se passe, coupa Mia, sur la défensive.

— Vraiment ?

— Je sais bien que la question du mariage est difficile à comprendre. Nous sommes au XXIe siècle. Tout cela doit te paraître absurde.

Luca baissa la tête.

— Je n'avais jamais entendu parler de quelque chose de ce genre avant que ton père ne me le propose, avoua-t-il à voix basse.

— Les mariages arrangés ne sont pas aussi rares qu'on le pense, fit Mia en haussant les épaules. Pour mes parents, c'est une façon de me prouver leur amour.

Luca lui lança un regard interrogateur.

— Ils s'inquiètent à mon sujet, reprit-elle. Ils ont tenté d'avoir un enfant pendant des années. En vain. Puis, quand mes parents sont morts, les Marini qui étaient de vieux amis ont décidé de m'adopter et de m'élever comme leur fille. Quand Jennifer et Gianni sont venus me chercher dans l'orphelinat où on m'avait envoyée, ma vie a changé. Je n'étais qu'une petite fille et j'étais tellement emplie de gratitude à leur égard que je me suis sentie… redevable pour le restant de mon existence.

— Ce n'est pas ainsi que l'adoption est censée fonctionner, objecta Luca en fronçant les sourcils.

— Peut-être, mais pour moi, c'est ainsi que cela s'est passé. Et je sais qu'ils ne sont pas parfaits, ajouta Mia en soupirant. Notre relation est compliquée, mais ils m'aiment, Luca.

Celui-ci pinça les lèvres sans un mot.

— Les gens ne sont pas entièrement bons ou mauvais, reprit-elle. De bonnes personnes sont parfois amenées à prendre de mauvaises décisions, et vice versa. Quand on aime quelqu'un, il faut l'accepter avec ses défauts, et c'est ce que je fais. Mes parents sont imparfaits mais je les aime, acheva-t-elle en haussant les épaules.

— Et si ton père avait pris de mauvaises décisions ?

Elle le fixa en plissant légèrement les yeux.

— T'est-il venu à l'esprit que tu aurais pu te tromper à leur sujet ?

Il lui lança un regard brûlant.

— C'est bien ce qu'il s'est passé avec moi, reprit-elle. Et si c'était pareil pour eux ?

— Ça ne l'est pas.

Mia prit une grande inspiration.

— Tu prétends que papa a tenté de t'escroquer. Mais comment cela aurait-il été possible ? Un cabinet d'experts indépendant a validé les comptes de la société avant que la vente ne soit autorisée. Je me souviens même que mon père était stressé et qu'il tenait à ce que l'ensemble des rapports financiers soient rédigés avec exactitude.

— Peut-être était-il stressé pour d'autres raisons qui t'échappaient ?

Mia secoua la tête comme pour chasser cette insinuation mais, au fond d'elle, elle devait reconnaître qu'il y avait une petite possibilité pour que Luca dise vrai. Gianni avait tenu à garder Mia à l'écart des opérations financières de l'entreprise, elle s'en souvenait à présent. Elle n'était signataire d'aucun des comptes de la société. Son travail se cantonnait strictement au développement commercial.

— Explique-moi ce qu'il a fait, selon toi, demanda-t-elle doucement en pressant ses doigts contre le diamant en pendentif du collier, comme pour y puiser la force dont elle avait besoin.

Luca semblait contrarié, comme s'il était tenté de lui avouer quelque chose de douloureux.

Mia leva son bras et le posa doucement sur le sien.

— Je suis plus forte que ce que tu crois. Tu peux me le dire.

— Je ne doute pas de ta force. J'hésite simplement à te faire porter un fardeau qui n'est pas le tien.

— C'est à moi que revient cette décision.

— Avec tout le respect que j'ai pour toi, je ne suis pas d'accord, déclara Luca. Je sais ce que c'est que de perdre un parent. Et je ne parle pas de la mort mais de la perte du respect que l'on a envers lui. Ta relation avec ton père t'appartient et cela semble bien se passer.

— Mais tu me caches quelque chose. Cela pourrait-il affecter mon mariage avec Lorenzo ?

Le visage de Luca se tendit.

— Ce n'est pas à moi de te le dire, *cara*. Je t'en prie, n'insiste pas.

Luca avait fait ce qu'il fallait en poussant Mia à se débrouiller seule et à poser elle-même les questions à son père. Ainsi, elle comprendrait la raison pour laquelle il était parti, un an plus tôt. Et si le vieil homme continuait à lui mentir, pour ne pas mettre en péril la transaction ? Les gens désespérés commettent parfois des actes désespérés, et la situation financière de l'entreprise était clairement désastreuse. C'était même un miracle qu'ils aient réussi à tenir une année supplémentaire.

Mais cela donnait-il le droit à Luca de tout démolir pour Mia ?

Que ressentirait-elle en comprenant que sa vie était bâtie sur un château de cartes ? Que la prospérité de son père était une illusion et que son mariage était voué à l'échec ?

La seule option était donc de se taire. Et de la laisser épouser un homme qui pourrait en venir à la détester quand il apprendrait que l'entreprise Marini était criblée de dettes.

Luca grogna et sortit de la douche, plus tendu que jamais, l'esprit en proie à un trouble intense. Il voulait que Mia soit heureuse. Elle le méritait. Lorenzo serait-il la réponse ? La jeune femme semblait le croire. Alors pourquoi cela le dérangeait-il à ce point ?

Il attrapa sa serviette dans un mouvement brusque qui trahissait son état de frustration.

Rien de tout cela n'était son problème.

Luca avait renoncé à toute implication émotionnelle dans la vie. Il était un loup solitaire et le resterait à jamais. Ce que Mia ferait de son existence après ça ne le concernait aucunement. C'était aussi simple que cela.

C'était fou comme Mia devenait habile dans l'art de compartimenter ses sentiments. Au niveau superficiel, il lui était très facile de comprendre ce que Luca lui faisait ressentir sur le plan physique. C'était même une évidence. Lorsqu'ils étaient ensemble, ils émettaient des étincelles. Ils se laissaient aller à leur instinct. C'était sublime et irrésistible. Mais dès qu'ils étaient séparés, même pour un petit laps de temps, elle était envahie par le doute. Jusqu'à ce que Luca réapparaisse, et que toute pensée rationnelle et logique échappe à sa portée.

— Cet endroit est un paradis sur terre, murmura-t-elle, les yeux fixés sur la mer.

Mais au fond de son esprit, un roulement de tambour s'était mis en marche. Car ils étaient là depuis six jours. Demain, ils laisseraient derrière eux cette parenthèse irréelle et merveilleuse pour retourner à Palerme, où l'attendaient ses parents, sa vie et son mariage imminent.

Sans les réponses qu'elle recherchait désespérément.

— Je suis content que tu l'aimes.

Mia inspira pour se donner le courage d'affronter la réalité en face.

— Oui, et c'est difficile d'accepter le fait que je ne reviendrai plus, dit-elle en sentant sa voix se briser.

Elle jeta un rapide coup d'œil à Luca et, comme à chaque fois, son cœur battit plus vite. Elle devina que, malgré son air sexy et désinvolte, il était ému, lui aussi.

— Tu peux revenir à tout moment, *cara*.

Mia prit sa remarque comme une simple preuve de courtoisie. Ils s'étaient mis d'accord sur le fait que cette semaine marquerait la fin de leur histoire. Elle n'allait pas revenir sur sa parole et savait que Luca ne le ferait pas non plus. L'enjeu était trop important pour qu'ils fassent preuve de frivolité.

Si elle devait rompre son engagement avec Lorenzo, Mia aurait à son actif deux mariages ratés. Et pour quoi ? Pour se retrouver avec un homme qui, de son propre aveu, ne tenait ni à s'engager, ni à avoir des enfants ? Et qui, pour ne rien arranger, détestait ses parents.

Pourtant, insista cette petite voix agaçante dans son esprit, *ne vaut-il pas mieux être follement heureuse pendant une courte période plutôt que simplement satisfaite pour toujours ?*

Prenait-elle la bonne décision en épousant Lorenzo ? Quinze jours auparavant, Mia aurait répondu sans équivoque à cette question, mais tout était différent à présent. *Elle* était différente, tout comme ce qu'elle attendait de la vie.

Elle était certaine de deux choses : elle ne voulait pas envisager une existence sans Luca, mais elle ne pouvait pas non plus en imaginer une avec lui. Cela ne fonctionnerait jamais. Elle se força à se rappeler ce dernier point en se le répétant, comme un mantra.

Et tandis que la nuit avançait, se rapprochant de l'aube et de leur départ, Mia parvint presque à se convaincre qu'elle était en paix avec elle-même.

Cependant, les adieux n'étaient jamais faciles. Même lorsqu'ils étaient absolument nécessaires.

8

— Il est malade.

Luca apprécia le fait que Max aille droit au but sans avoir besoin d'entrer dans les détails. Il savait que son frère faisait allusion à leur père et que c'était grave, sinon il ne l'aurait jamais appelé ainsi au milieu de la nuit.

Non pas que Luca soit en train de dormir.

Depuis qu'il avait déposé Mia devant son bureau, plus tôt dans la journée, il était en proie à un combat intérieur qui ne lui laissait aucun répit. Il savait qu'il était sage de ne plus la revoir. Pas seulement sage, mais *juste*. Mia avait choisi la vie qu'elle voulait mener et les priorités de la jeune femme ne correspondaient pas aux siennes.

Le fait qu'ils ne se soient pas mariés un an auparavant s'était révélé une bénédiction. Pourquoi ne lui était-il pas venu à l'esprit que la question des enfants puisse faire l'objet de controverses ?

Parce qu'il n'avait pensé qu'à lui.

La réponse s'imposa, limpide, dans son esprit, mais elle ne lui procura aucun plaisir. L'hypothèse de Mia selon laquelle les enfants découlaient forcément d'un mariage était la plus naturelle. Luca savait que son désir de ne jamais devenir père était inhabituel chez un homme et, pourtant, il n'avait pas jugé bon de la prévenir. Quel égoïsme de sa part... À présent, il ne pouvait se remémorer cette période de sa vie sans être brûlé par les flammes de la honte.

— Luca ?

La voix de son frère le fit revenir à la réalité.

— *Sì* ?

— Carrick le sait depuis un moment.

Luca ne put réprimer un grognement. Cela ressemblait tellement à leur père de leur cacher quelque chose d'aussi important.

— Il ne lui reste plus beaucoup de temps, peut-être quelques semaines, reprit Max.

Une étrange oppression naquit au creux du ventre de Luca. Même s'il n'était pas proche de son père, apprendre que celui-ci allait bientôt mourir l'accablait plus qu'il ne l'aurait cru. Comme une nouvelle pierre qui venait peser sur son cœur meurtri.

— Il veut te voir, poursuivit son frère.

Luca fixa longuement le mur de son bureau devant lui. Il ne savait que répondre. Bien entendu, la norme aurait été d'assurer à son frère qu'il prendrait le premier avion pour rentrer à la maison. Le problème, c'est que Luca ne considérait pas l'Australie comme sa maison.

Chez lui, c'était ce petit bout d'Italie où sa mère avait choisi de l'élever. Le pays de son père n'était que le lieu où il avait passé son adolescence.

— Et d'ailleurs, moi aussi, j'aimerais te voir, reprit Max. Il faut qu'on parle de certaines choses.

Un sixième sens mit Luca en alerte.

— Ah ? fit-il.

— Carrick m'a montré son testament.

Luca s'installa sur sa chaise de bureau et il prit une grande inspiration.

— Je me moque de ses dernières volontés.

— Je m'attendais à ce que tu dises ça, répliqua son frère. Mais je dois quand même te prévenir. Il te lègue la moitié de ses biens.

— Quoi ?

— Oui...

— Pourtant, j'ai été clair sur le fait que...

— Je sais. Mais c'est ton héritage. Écoute, je ne vais pas parler au nom du vieil homme qu'il est à présent, mais je ne serais pas surpris que, en voyant sa fin approcher, il jette un regard différent sur son passé et ce qu'il aurait pu faire autrement. Ça ne suffit peut-être pas à te convaincre mais je suis sûr que tu le regretteras si tu ne vas pas le voir une dernière fois. Écoute-le, au moins. Et si ce qu'il te dit ne te plaît pas, tu pourras repartir.

— Merci de ta permission, répliqua Luca avant de grimacer car Max était son frère et non seulement il l'aimait, mais il tenait compte de ses opinions. Je te promets d'y réfléchir, ajouta-t-il d'un ton plus doux.

Max resta silencieux et Luca le connaissait assez bien pour se figurer son visage mécontent, si semblable au sien avec ses traits symétriques et sa mâchoire carrée.

— Ne tarde pas trop, Luc. J'ai un mauvais pressentiment.

Après avoir raccroché, Luca attrapa son verre de scotch et le fit tournoyer, tentant de mettre de l'ordre dans son esprit et de démêler ses sentiments de ses devoirs. Mais avait-il vraiment des devoirs envers son père, après ce que ce dernier avait fait subir à ses fils et à sa mère ? Soudain, les paroles douces de Mia s'insinuèrent en lui. « Les gens ne sont pas entièrement bons ou mauvais. » Avait-il négligé des aspects meilleurs de la personnalité de Carrick Stone ?

Luca grogna de frustration. Ce n'est pas comme s'il n'avait pas essayé de régler ce problème. À l'âge de dix-sept ans, un an avant son départ d'Australie, il avait confronté son père, lui offrant l'occasion d'exprimer des regrets sur ce qu'il avait fait. Mais Carrick Stone s'était contenté de hausser les épaules en décrétant qu'il ne pouvait pas changer le passé et que si Luca avait un problème avec cela, eh bien, ça ne regardait que lui. Et il avait ensuite déclaré à son fils que celui-ci avait intérêt à s'endurcir s'il voulait arriver à quoi que ce soit dans la vie.

C'est ainsi que, le jour de ses dix-huit ans, Luca avait quitté l'Australie sans un regard en arrière. Et par la suite, chaque fois que son entreprise s'était enrichie en gagnant un marché, il s'était souvenu des paroles de son père qui insinuaient qu'il ne serait jamais à la hauteur. Le plus grand plaisir dans la vie de Luca avait consisté à prouver au vieil homme qu'il se trompait.

Mais il s'était aussi juré de ne pas devenir comme lui. Il ne commettrait pas les mêmes erreurs avec les femmes.

Alors, comment accepter ce qu'il avait fait subir à Mia qui, en fin de compte, ne méritait pas une once de sa colère ? La jeune femme s'était révélée innocente à tous points de vue.

Luca se passa nerveusement la main dans les cheveux. Tout à coup, il ne pensait plus qu'à une chose : la voir, lui parler, lui dévoiler son âme à propos de son père et lui demander conseil. Alors, il se servit un second scotch et fit les cent pas dans son bureau, encore plus tourmenté qu'auparavant.

Car Luca n'avait jamais eu besoin de personne. Encore moins d'une femme fiancée à un autre homme.

— Tu ne peux pas venir ici !

C'est comme si l'histoire se répétait. Luca était là, dans son bureau. Dieu merci, il était tard dans l'après-midi et la plupart des salariés étaient rentrés chez eux. Et bien sûr, le corps de Mia répondit à sa présence comme elle s'en doutait. Une vague de chaleur naquit entre ses cuisses et son cœur s'emballa dans sa poitrine. Elle portait l'une des robes qu'il lui avait offertes et dont elle avait promis de se séparer – ce qu'elle ne ferait jamais car ces vêtements lui rappelaient leur parenthèse heureuse – et elle le regretta. Cela rendait les sentiments qu'elle éprouvait à l'égard de Luca trop visibles.

— J'avais besoin de te voir.

S'il savait comme elle en avait besoin, elle aussi... S'efforçant de garder un visage impassible, Mia resta assise derrière son bureau et elle fixa Luca en réfrénant les tremblements qui s'emparaient d'elle. Cela faisait trois jours qu'ils étaient rentrés à Palerme et, depuis, elle n'avait pensé qu'à lui, même si chaque soir elle se couchait rassurée d'avoir tenu bon.

La veille, les parents de Lorenzo et les siens s'étaient rencontrés à l'occasion d'un long déjeuner en famille. On avait parlé fusion d'entreprises et évoqué les futurs petits-enfants.

Étrangement, alors qu'avant Mia aurait déclaré que devenir maman était ce qu'elle voulait le plus au monde, cette perspective la laissait à présent étrangement vide. Car dès qu'elle fermait les yeux et s'imaginait avec un bébé dans les bras, c'était le regard sombre de Luca qui se posait sur elle et sur cet enfant qui était le sien, et qu'il avait décidé d'aimer et d'élever avec elle. À chaque fois, Mia en avait les larmes aux yeux.

— Tu ne peux pas venir ici, répéta-t-elle machinalement.

— Pourquoi ? fit-il en s'approchant d'elle.

— Parce que nous avions un accord.

— Les accords peuvent être modifiés.

Mia secoua la tête, furieuse contre elle-même d'être si heureuse de le voir.

— Tu m'avais promis.

— Eh bien, je romps ma promesse, répliqua-t-il avant de soupirer en fronçant les sourcils. Apparemment, c'est ce que je fais de mieux.

Mia tressaillit. Elle n'aimait pas entendre Luca parler ainsi de lui-même.

— J'ai besoin de te voir, répéta-t-il d'une voix rauque.

Besoin.

Oui, c'était un besoin. Qu'elle ressentait avec la même intensité. Mais c'était de la folie. Cette histoire n'avait aucun avenir. Il fallait y mettre un terme.

— Nous étions d'accord pour ne plus nous voir, murmura-t-elle d'une petite voix avant de lui montrer sa bague qu'elle trouvait désormais anormalement lourde. Je vais me marier.

— Arrête, fit-il en levant les yeux du bijou pour les plonger dans les siens. Je n'ai pas envie que l'on parle de ton mariage.

— Alors de quoi veux-tu discuter ? s'exclama Mia, confuse.

Luca se dirigea vers l'autre bout de la pièce. Puis il appuya un bras contre la fenêtre pour contempler le soleil couchant.

Mia profita du fait qu'il lui tourne le dos pour se plonger dans sa contemplation. Il lui manquait tellement... Elle avait le sentiment d'être montée à bord d'un train dans la mauvaise direction, sans aucun moyen d'en descendre ni de l'arrêter. Elle s'était engagée vis-à-vis de Lorenzo, de ses parents. Elle ne pouvait plus reculer.

— Mon père est en train de mourir, déclara Luca sans se retourner.

Mia cessa de respirer. C'était bien la dernière chose à laquelle elle s'attendait. Elle en savait peu sur l'empire familial de Luca. Les bijouteries Stone étaient célèbres dans le monde entier, mais les intérêts commerciaux de Luca étaient distincts, basés en grande partie en dehors de l'Australie.

— Il est en train de mourir, répéta-t-il en se tournant vers elle pour la regarder dans les yeux. Et tout ce à quoi j'ai pensé en apprenant cette nouvelle, c'est qu'il fallait que je te voie. Je viens de passer ces deux derniers jours à lutter contre ce besoin, ajouta-t-il, et Mia comprit qu'il était déçu d'avoir perdu ce combat. Je sais ce que nous avions convenu et ce que je t'ai promis, mais j'ai besoin de toi, Mia. Et de ton aide. Est-ce égoïste de ma part ?

Elle l'ignorait. Avoir le courage de l'admettre lui semblait surtout courageux, mais pour le reste ? Elle n'en savait rien. Elle avait seulement conscience que quelque chose d'important se formait entre eux, les liait, et cela la rendait heureuse. Luca avait besoin d'elle et il était venu la chercher. Elle serait là pour lui.

Un sentiment étrange naquit au cœur de sa poitrine, et ce ne fut que lorsqu'elle en perçut le bruit que Mia comprit qu'un sanglot lui avait échappé. Elle se leva en portant sa main à sa bouche et se précipita vers Luca.

— Je suis désolée, murmura-t-elle en se hissant sur la pointe des pieds pour l'embrasser.

Elle passa ses bras autour de son cou en se serrant contre lui et sentit dans sa bouche le sel de ses larmes. Elle respira son parfum envoûtant, espérant que sa proximité et sa chaleur apporteraient à Luca la force dont il avait besoin.

— Peux-tu me donner cette nuit ? murmura-t-il.

— Juste cette nuit ? demanda-t-elle en se reculant pour le regarder à travers ses paupières baignées de larmes.

Parviendraient-ils un jour à se rassasier l'un de l'autre ? Soudain, Mia eut le sentiment qu'elle se noyait, mais elle n'était pas sûre de s'en soucier réellement.

Des émotions indéchiffrables parcoururent les yeux de Luca puis, à son grand soulagement, il secoua la tête.

— Je ne ferai plus de promesse, répondit-il en la serrant contre lui. Donne-moi juste cette nuit, Mia. Nous négocierons la suite… plus tard.

Elle le fixa, la gorge nouée. La meilleure chose à faire serait de lui dire non. Lui expliquer qu'il pouvait rester encore un moment dans son bureau pour parler mais que, ensuite, il devrait partir et ne pas revenir.

Mais Luca se tenait devant elle, la main sur le cœur – un cœur dont elle n'était même pas sûre qu'il soit pourvu –, et Mia était incapable de s'écarter de lui. Le danger tourbillonnait autour d'elle. Elle savait ce qu'elle risquait. Elle savait aussi que Luca ne pourrait jamais lui apporter ce dont elle avait besoin mais, en cet instant précis, il était tout pour elle.

— D'accord, dit elle doucement. Mais maintenant, tu dois partir. Je te rejoins dès que possible.

L'expression de Luca était indéchiffrable. Elle y lut du soulagement mais aussi une émotion indéfinissable qui claqua entre eux comme un fouet.

— Je peux t'attendre.

— Non, fit-elle, catégorique. Il n'est pas envisageable de sortir ensemble d'ici et tu le sais. Tu ne devrais pas être là. Il ne faut plus que tu reviennes, ajouta-t-elle en posant un doigt sur les lèvres de Luca pour l'empêcher de répondre. Mais je suis heureuse que tu sois venu à moi.

Luca sortit du bureau de la jeune femme et se dirigea, tête baissée, vers les ascenseurs. Il espérait presque que le père de Mia apparaisse, le voie et s'interroge. Il savait que c'était égoïste de sa part mais, secrètement, c'est ce qu'il souhaitait. Pour mettre un coup de pied dans la fourmilière, afin que tout le monde sache ce qu'il en était. À quel point il désirait Mia. Et à quel point elle était à lui. Comment expliquer autrement qu'il soit venu ici non pas une mais deux fois ? Lui-même s'en rendait compte à présent et cette découverte le confortait. Au fond, il avait eu l'espoir que cela aboutirait à l'annulation de ce mariage ridicule. Mais après ?

Sa frustration était telle qu'il étouffa un grognement. Mia ne pouvait se contenter de ça. Elle était trop belle et pleine d'amour pour se satisfaire d'une union de convenance. Et à la seule idée qu'un autre homme puisse être son mari, qu'il la touche ou lui fasse l'amour, Luca avait le sentiment d'être une grenade dégoupillée sur le point d'exploser.

Mais pour le bien de Mia, il devait se montrer discret. Il savait que la jeune femme serait dévastée si quelqu'un apprenait l'existence de leur liaison.

Dieu merci, le destin lui sourit. Les portes de l'ascenseur s'ouvrirent immédiatement et il s'engouffra dans la cabine vide, s'éloignant du risque d'être découvert. Pour l'instant.

Mia arriva chez Luca une heure plus tard et elle se faufila à l'intérieur de la villa grâce à la clé qu'il lui avait confiée. En l'insérant dans la serrure, elle eut l'étrange sensation de rentrer vraiment chez elle et, une fois de plus, le fantasme de ce qu'ils auraient pu vivre s'imposa dans son esprit tourmenté. S'ils avaient été mariés, elle serait simplement de retour après une journée de travail.

Elle lutta contre les larmes qui affleuraient à ses yeux et se concentra sur la raison pour laquelle elle était là. Luca avait besoin d'elle, et elle allait l'aider.

Mia prit une grande inspiration pour se donner du courage, puis elle pénétra dans le salon qui faisait suite au vestibule.

Des bougies disposées à travers le vaste espace diffusaient une lumière tamisée. Elle soupira en percevant les notes d'un air de jazz chaleureux et fit quelques pas dans la pièce en direction de Luca. Il était assis devant le piano à queue, tête baissée, ses doigts posés sur les touches sans qu'aucun son n'en sorte.

Mia s'approcha doucement de lui et l'entoura de ses bras avant de poser sa tête sur son épaule. Ils restèrent ainsi un long moment sans bouger, éclairés par la lumière vacillante des bougies, jusqu'à ce que finalement elle vienne s'asseoir à côté de lui.

— Tu sais en jouer ? demanda Luca en se tournant vers elle, ses yeux parcourant son visage comme s'il la voyait pour la première fois.

Mia secoua la tête.

— J'ai pris quelques leçons quand j'étais petite mais, hormis une poignée de comptines, je ne me souviens de rien. Et toi ?

Luca se tendit légèrement.

— Ma mère m'a appris à en jouer quand j'étais enfant. Elle était très musicienne. Mais la vie a été cruelle avec elle. Ses parents l'ont chassée en apprenant qu'elle était enceinte de moi et, ensuite, elle n'a connu que la pauvreté. Elle a déménagé ici, en Sicile, où vivait une de ses cousines. Cette dernière lui a trouvé un emploi dans un hôtel. Là-bas, il y avait un piano dans le hall et le manager la laissait jouer tôt le matin, quand il n'y avait personne. Plusieurs fois par semaine, elle m'emmenait pour m'apprendre à jouer. Mais c'était un professeur exigeant.

Mia eut un sourire doux.

— Que veux-tu dire ?

— Elle ne tolérait aucune erreur. Pour elle, la musique était une seconde langue qui lui était naturelle. Elle ne supportait pas que ce soit différent pour moi. Nous n'avions pas les moyens d'acheter un piano, alors un jour j'ai récupéré un carton chez des voisins et j'ai dessiné les touches d'un clavier avec un crayon pour m'entraîner à jouer à la maison.

Le cœur de Mia se serra en imaginant le petit garçon sérieux qu'il avait dû être.

— Tu voulais rendre fière ta maman, dit-elle d'une voix émue.

Il hocha la tête.

— J'étais fasciné par cet instrument et la façon dont on pouvait en tirer un son si mélodieux. Moi aussi, je voulais apprendre à parler cette langue.

— Joue-moi quelque chose.

Luca la fixa un instant puis il reporta son attention sur le clavier et se mit à accompagner l'air de jazz qu'ils entendaient en musique de fond, lui apportant une richesse et une émotion dont Mia n'avait pas pris conscience jusqu'alors. Elle regarda les doigts agiles de Luca qui se déplaçaient avec grâce sur les touches, puis elle leva les yeux vers son profil. Les sourcils froncés, il était perdu dans sa concentration, et elle devina que son esprit était autant accaparé par la musique que par la situation avec son père. Mia se serra contre lui. Tout à coup, elle voulait le sentir, le toucher. Et qu'il s'imprègne lui aussi de sa présence.

Le morceau s'acheva et Luca ôta ses mains du piano avant de se tourner vers Mia.

— Ta mère a dû être fière de toi, s'exclama-t-elle en souriant.

— Elle n'était pas du genre à faire des compliments, répliqua-t-il d'un ton ironique, mais elle devina qu'il avait dû être blessé de ne recevoir aucune reconnaissance pour les efforts qu'il avait fournis.

— Tu joues magnifiquement, déclara-t-elle.

Luca le savait déjà, sans doute, mais elle ne supportait pas l'idée que personne ne le lui ait dit auparavant. D'ailleurs c'était totalement absurde. Il était si brillant et charismatique. Un prince parmi les hommes. Il n'avait certainement pas besoin d'entendre ses louanges.

— Quel âge avais-tu quand elle est morte ? lui demanda-t-elle doucement.

Dans le passé, Luca avait éludé les questions personnelles qu'elle lui avait posées, mais ce soir c'était différent. Il était venu à elle pour lui demander de l'aide et elle savait qu'il allait lui répondre.

— Douze ans, dit-il en faisant danser ses doigts sur les touches.

Mia secoua tristement la tête.

— Tu n'étais encore qu'un enfant.

— Ce n'est pas l'impression que j'avais, répliqua-t-il en posant une main sur sa cuisse.

Il caressa l'étoffe en soie de sa jupe.

— Quand elle est morte, j'étais seul. J'avais toujours su que mon père ne faisait pas partie de notre vie. Il ne voulait pas de nous, acheva-t-il, les traits tendus.

— Elle aurait aimé que ce soit différent ? demanda doucement Mia.

— Elle n'a jamais parlé de leur relation, mais oui, déclara-t-il en soupirant. Elle était amoureuse de lui, j'en suis sûr. Même après la façon dont il l'avait traitée. Je l'ai détestée pour cela et je détestais encore plus mon père.

— Pourquoi aurais-tu détesté ta mère ? interrogea Mia, surprise.

— Comment pouvait-elle aimer un homme qui l'avait rejetée comme il l'avait fait ? Je haïssais le pouvoir qu'elle lui donnait et la manière dont elle continuait à l'adorer, alors même qu'il l'avait condamnée à une vie de misère.

— En refusant de te reconnaître, murmura Mia.

C'était logique. Un enfant se sentant rejeté comme Luca aurait voulu que sa mère partage son point de vue.

— Elle a laissé mon père détruire son existence. J'ai vu à quel point cet amour la rendait faible.

— Et tu t'es juré de ne jamais te mettre dans une telle situation, souffla-t-elle.

Luca se tourna vers elle et lui lança un regard qui transperça son âme.

— Personne ne devrait se retrouver dans cette position.

— Ta mère n'a pas eu de chance de tomber amoureuse de quelqu'un qui ne l'aimait pas en retour, déclara Mia. Parle-moi de ton père, ajouta-t-elle en effleurant les touches du piano. Tu ne l'évoques jamais.

— Non.

— Pourquoi pas ?

— Ma mère avait un dicton. Si tu n'as rien d'agréable à dire sur quelqu'un...

— Ne dis rien, compléta Mia avant de tendre une main pour la glisser dans celle de Luca. N'y a-t-il vraiment rien de gentil à dire à son sujet ?

— C'est un homme d'affaires compétent.

Elle haussa un sourcil en souriant.

— Compétent ?

— Pas génial.

— Tu veux dire, pas aussi brillant que toi ?

Les yeux de Luca lancèrent des flammes.

— Pas aussi motivé en tout cas. D'après mon expérience, le fait de naître immensément riche produit cet effet sur les gens.

— Ton frère aussi ?

Il resta songeur quelques instants.

— Max est différent. Nous sommes très semblables, même s'il est davantage lié aux entreprises de la famille Stone. Il a grandi en sachant dès sa naissance que son destin serait d'en hériter, de succéder à notre père. Notre grand-père lui a inculqué cela dès son plus jeune âge. Max n'avait guère le choix.

— Tu penses qu'il aurait aimé faire autre chose ?

— Qui sait ? répondit Luca en haussant les épaules. Je crois qu'il est heureux. Il supervise les opérations de culture des perles.

— Comme c'est fascinant ! s'exclama Mia, avant de secouer la tête. Je veux dire, je sais bien que les perles viennent de la mer, mais j'ignorais qu'elles pouvaient être cultivées.

— C'est un processus impressionnant.

Ils restèrent silencieux quelques secondes. Mia pensait aux fermes perlières. Elle aurait adoré en visiter une avec lui...

— Luca, pourquoi ne portes-tu pas leur nom de famille ? finit-elle par demander.

— Je m'appelais Cavallaro quand ma mère est morte. Je n'allais tout de même pas abandonner son nom.

— Cela a-t-il dérangé ton père ?

Il esquissa un sourire dur.

— Tu n'imagines pas à quel point. D'ailleurs, Carrick me présentait souvent sous le nom de Luca Stone. Je le corrigeais systématiquement.

Mia imagina l'adolescent déterminé qu'il avait dû être. Elle posa sa joue contre l'épaule de Luca.

— Quand as-tu vu ton père pour la dernière fois ?

— Il est venu à Rome pour mon vingt et unième anniversaire.

Elle secoua tristement la tête.

— Cela fait si longtemps... Que s'est-il passé ?

Luca lui souleva doucement le menton pour qu'elle le regarde.

— Pourquoi ? Pourquoi veux-tu résoudre cela, Mia ?

Elle fronça les sourcils, détestant voir la facilité avec laquelle il la comprenait.

— Tu m'as demandé de t'aider, répondit-elle. C'est ce que je suis en train de faire.

— Certaines blessures ne peuvent être réparées.

— Mais cela vaut la peine d'essayer, murmura-t-elle en le regardant, le cœur battant. Tu l'as bien fait avec moi, Luca. Tu as réparé le mal que tu m'avais fait l'année dernière.

Il ferma les yeux quelques secondes, comme si les mots qu'elle venait de prononcer étaient trop difficiles à intégrer.

— Tu es plus indulgente que moi, murmura-t-il. Tu vois le bien chez les autres à travers leurs défauts.

Luca s'interrompit et posa une main sur la poitrine de Mia avant de reprendre.

— Tu es une femme magnifique et tu as le cœur le plus pur du monde.

La gorge de Mia se noua et elle prit une grande inspiration. Elle ne se laisserait pas déconcentrer par ses compliments, aussi merveilleux soient-ils.

— Dis-moi ce qu'il s'est passé, Luca. Explique-moi pourquoi tu ne peux lui pardonner.

9

D'aussi loin qu'elle s'en souvienne, Mia avait toujours aimé les matins. Il y avait quelque chose d'excitant dans le début d'une nouvelle journée, emplie de promesses et de souvenirs à créer. Pour elle, tout allait mieux à l'aube.

Pourtant, ce matin-là, lorsqu'elle s'éveilla, elle ressentit une oppression dans la poitrine et un sentiment d'effroi qu'elle ne parvenait pas à comprendre.

Puis elle se rappela son fantasme. Ce jeu secret qui consistait à faire semblant que c'était réel. Que se réveiller dans le lit de Luca était normal. Qu'il était à elle, pour toujours, et pas seulement pour ces quelques instants de passion folle.

Elle observa la lumière qui filtrait à travers les volets clos de la chambre de Luca et prit une grande inspiration. Il fallait qu'elle s'en aille.

Mais comment pourrait-elle le quitter ?

Les souvenirs de la nuit précédente lui revinrent à l'esprit.

Elle se tourna pour le regarder dormir.

Il était si beau, si puissant, et à présent les traits de son visage étaient détendus, contrairement à la veille, quand il lui avait confié l'histoire de sa vie.

De toute sa vie.

Son éducation. Cette mère qu'il aimait et respectait mais dont il n'avait jamais reçu ni amour ni tendresse. Le choc de sa mort et la résilience dont il avait dû faire preuve. Le courage de déménager en Australie, puis le désespoir de briser une famille en sachant qu'il en était indirectement la cause. Car son existence même sonnait le glas du mariage de son père et du foyer de son frère.

Quant à Carrick Stone, Mia savait qu'elle ne devait pas juger quelqu'un qu'elle n'avait jamais rencontré, mais comme il aurait été facile de développer une aversion pour un homme qui avait si mal traité Luca. Même si ce dernier n'avait pas donné beaucoup de précisions, il en avait dit suffisamment pour que Mia puisse se faire une idée assez claire du personnage.

Elle comprenait tellement mieux Luca à présent.

C'était dangereux, car le comprendre la rapprochait du véritable pardon, ce qui la terrifiait car, alors, elle savait que ses sentiments évolueraient. Soudain, elle eut l'impression que sa vie entière était bâtie sur un château de cartes.

Son mariage avec Lorenzo était-il un choix judicieux ?

Et d'ailleurs, était-ce toujours un choix ? Les invités avaient été conviés, les bans publiés, tout était prêt. Plus important encore, les contrats étaient sur le point d'être signés. Cette fusion était trop essentielle aux yeux de ses parents pour être compromise.

Mia avait le sentiment de naviguer à vue mais, à chaque fois qu'elle pensait à Lorenzo, un vent de panique s'élevait au plus profond de son être.

Pourtant, quoi qu'elle éprouve à l'égard de Luca, elle n'aurait jamais d'avenir avec lui.

C'était un loup solitaire. La vie l'avait ainsi façonné et les mécanismes de protection qu'il avait érigés signifiaient qu'il ne changerait pas facilement.

Même pour elle ?

La question résonna dans son esprit et Mia ferma les yeux pour ne pas laisser fleurir l'espoir dans son cœur.

Cela ne pouvait pas continuer ainsi.

La première fois qu'elle avait vu Luca, elle avait été frappée par un sentiment de reconnaissance absolue, comme s'il était celui qu'elle avait attendu toute sa vie. Puis elle avait refoulé cette idée naïve... Après tout, il était très beau et charismatique, et de son côté, elle n'avait aucune expérience.

À présent, elle le connaissait. Elle n'était plus intimidée ni hypnotisée par sa présence. Et elle savait que Luca faisait partie d'elle et que cela ne changerait pas.

Prise d'un accès de panique à l'idée de ne plus rien contrôler, Mia se glissa hors du lit en prenant garde à ne pas le réveiller. Elle traversa sa chambre sur la pointe des pieds et se retourna avant de sortir pour le regarder une dernière fois.

Dans la cuisine, elle trouva un bloc-notes et passa ses doigts sur le logo en relief de sa société. Ce simple geste fit battre son cœur plus vite et elle comprit que c'était l'amour qui l'animait.

L'amour total et évident qu'elle éprouvait pour Luca. Pour sa personnalité, son tempérament, sa force, sa détermination, son intelligence, et tout ce qui le constituait.

Elle l'aimait. Son cœur lui appartenait.

— Oh ! mon Dieu..., gémit-elle en saisissant un stylo tandis que les larmes menaçaient de jaillir de ses yeux.

> Cher Luca,
>
> J'espère que la nuit dernière t'a aidé.
>
> Au fond de toi, tu sais ce que tu dois faire.
>
> Je penserai à toi quand tu seras en Australie.
>
> Bonne chance.
>
> Au revoir.
>
> Avec tout mon amour, Mia

Elle signa ainsi car c'était la vérité, et même si elle ne serait jamais assez stupide pour avouer son amour à Luca ou lui imposer ce fardeau, c'était une petite revanche sur la vie de pouvoir mettre par écrit ses sentiments.

Mia sortit sur le trottoir ensoleillé et se dirigea, tête baissée, jusqu'à sa voiture sans jeter un regard en arrière. Elle savait que, si elle se retournait ne serait-ce qu'une fois, elle perdrait ce qui lui restait de volonté. Elle devait le faire. Il n'y avait pas d'autre choix.

Ce n'est qu'en arrivant à son bureau qu'elle comprit qu'il lui serait impossible d'épouser Lorenzo di Angelo. Mia était même consternée de s'être engagée sur cette voie. Le fait de prendre conscience qu'elle était amoureuse de Luca lui avait ouvert les yeux sur l'absurdité totale de s'unir à un homme qu'elle connaissait à peine et qu'elle désirait encore moins. Le pire, c'est qu'elle demandait à Lorenzo de faire le même sacrifice, tout cela pour le bien de leurs entreprises familiales.

Quelle décision aberrante et stupide !

Mais au-delà de ça, pour être tout à fait honnête, il y avait surtout le fait que, lorsque Mia songeait à en épouser un autre que Luca, un désespoir profond s'emparait d'elle et elle ne parvenait plus à respirer correctement.

Au cours de sa vie, elle avait souvent mis son instinct de côté pour s'en remettre à ses parents, mais ce n'était plus le cas aujourd'hui. Elle n'épouserait pas Lorenzo di Angelo, même s'il était compliqué de faire marche arrière.

Mia avait pu accepter cette idée tant qu'elle estimait que son histoire avec Luca n'avait aucun sens mais, à présent qu'elle écoutait son cœur, elle savait que ce serait une erreur fatale.

En sortant de l'ascenseur, elle passa devant la porte de son bureau et s'approcha de celui de son père. Puis elle prit une grande inspiration et se prépara à avoir la conversation la plus difficile de sa vie. Elle aimait Luca Cavallaro, et même si elle n'était pas assez stupide pour espérer qu'il l'aime en retour ou qu'ils aient un avenir ensemble, cet amour méritait mieux qu'un mariage avec un autre homme. C'est dans cet esprit qu'elle garderait Luca dans son cœur. Comme un talisman, une force dont elle avait plus que tout besoin en cet instant.

Elle frappa un coup à la porte et l'entrouvrit en passant une tête à l'intérieur.

— Tu aurais une seconde à m'accorder ?

Gianni Marini garda quelques instants de plus le regard fixé sur l'écran de son ordinateur portable, puis il le referma brusquement et leva les yeux vers sa fille.

— Bien sûr, ma chérie, fit-il en l'invitant d'un geste à venir s'asseoir en face de lui. Que se passe-t-il ?

Mia prit place dans le fauteuil en tremblant légèrement.

— C'est au sujet de Lorenzo.

Le vieil homme plissa les yeux.

— Quelque chose ne va pas ? Est-ce qu'il t'a contactée ?

— Non, non, rien de tel, répondit Mia en secouant la tête avant de soupirer et de se lever pour aller jusqu'à la fenêtre. Mais je ne peux pas faire ça.

— De quoi parles-tu ? s'écria Gianni en bondissant de sa chaise.

— Du mariage, déclara-t-elle en se tordant les doigts nerveusement. Il faut tout annuler. Je ne peux pas l'épouser. Je ne l'aime pas. Je ne l'aimerai jamais.

— C'est impossible. La cérémonie a lieu dans quelques semaines.

— Je sais. Je comprends. Je laisse tomber tout le monde, mais il m'est impossible de faire autrement, je suis désolée...

— Désolée ? répéta Gianni en se passant la main dans les cheveux. Mia, je ne pense pas que tu comprennes la situation.

— Si, répliqua-t-elle d'un ton ferme. Pour la première fois de ma vie, je sais parfaitement ce que je veux. Je n'épouserai pas Lorenzo di Angelo. L'entreprise sera vendue sans que ce mariage ne fasse partie de l'accord.

Le visage de son père se vida de toutes ses couleurs.

— C'est impossible.

— Bien sûr que si, décréta Mia. Des fusions de ce type ont lieu tous les jours sans qu'il y ait besoin d'un mariage arrangé pour les conclure.

— C'est différent dans notre cas.

— Pourquoi ? Tu ne me crois pas capable de voler de mes propres ailes ?

Gianni la fixa un moment, l'air éberlué, puis il s'effondra sur sa chaise comme si le poids du monde reposait sur ses épaules.

— J'ai besoin que tu l'épouses, *principessa*.

Le surnom de son enfance eut l'effet d'une flèche dans le cœur de Mia. Elle traversa la pièce en direction du bureau tandis qu'une sirène d'alarme retentissait dans ses oreilles. Son père semblait détruit, dévasté par sa déclaration.

— Qu'y a-t-il ? demanda-t-elle doucement en s'efforçant de garder son calme tandis que l'évidence s'imposait à elle.

Il lui avait menti. Et Luca lui avait dit la vérité. Même s'il avait pris soin de ne pas lui révéler les détails de l'affaire, il avait insinué que la société familiale allait mal.

— Oh ! mon Dieu, murmura-t-elle en s'agenouillant à côté de son père. Dis-moi la vérité, papa. Dis-moi tout. À quel point est-ce grave ?

C'était grave.

Tandis que son père achevait lentement de lui exposer la situation financière critique dans laquelle ils se trouvaient depuis dix-huit mois, Mia comprit la lourdeur du fardeau qu'il portait. Et le vieil homme avait cherché à éviter le naufrage qui s'annonçait en optant pour le pire moyen possible.

— As-tu la moindre idée de ce que tu as fait ? s'exclama-t-elle en portant une main à sa bouche.

— Je n'avais pas le choix.

Mia secoua la tête.

— C'est illégal, papa. Tu ne peux pas falsifier les comptes d'une entreprise dans le but d'inciter quelqu'un à la racheter. Comment as-tu pu croire que Lorenzo ne s'en serait pas rendu compte ?

— Mais d'ici là, vous auriez été mariés et tu aurais peut-être été enceinte. Il n'aurait pas porté plainte.

— Bien sûr que si. C'est un mariage arrangé. Il n'y a pas d'amour entre Lorenzo et moi.

— Ça reste un mariage, insista Gianni.

— Alors j'aurais été quoi ? s'exclama tristement Mia. Une

police d'assurance ? Bon sang, papa, tu m'aurais rendue coupable par association.

— Mais tu ne l'es pas. Et tous ceux qui te connaissent l'auraient bien vu.

— Tu ne peux pas faire ça.

— Je ne peux pas non plus laisser tomber la société. Notre famille risque la banqueroute.

— Est-ce grave à ce point ? demanda-t-elle sans pouvoir réprimer un frisson. Ce n'est pas possible. Je l'aurais *su*.

— J'ai réussi à donner le change mais j'ai emprunté partout. Nous sommes criblés de dettes.

Mia sentit son cœur se briser.

— Oh ! papa..., murmura-t-elle dans un sanglot en serrant son père dans ses bras.

En cet instant, rien n'avait plus d'importance à ses yeux que d'aider le vieil homme. Peu importe le jugement des autres.

— Luca l'avait découvert, n'est-ce pas ? C'est pour cela qu'il n'est pas venu au mariage.

Les yeux de Gianni brillèrent comme des silex pendant quelques secondes, puis il s'affaissa à nouveau contre son siège.

— Oui, admit-il. Il savait. J'ignore comment il l'avait appris.

Mia ne put réprimer un petit rire nerveux.

— C'est parce qu'il est brillant et intelligent, déclara-t-elle. Et donc, il est venu te voir à ce sujet, c'est cela ?

Gianni hocha la tête, et elle eut le sentiment d'être poignardée en plein cœur. Tous deux connaissaient la vérité depuis tout ce temps mais aucun ne l'avait suffisamment aimée ou respectée pour se montrer honnête avec elle.

Mia pressa ses ongles dans la paume de sa main.

— Donc, une semaine avant le mariage, tu savais déjà qu'il allait se retirer du projet ?

— Je pensais qu'il viendrait quand même. Je te le jure.

— Non, tu *l'espérais*, contredit-elle d'un ton farouche. Tu m'as jetée aux loups plutôt que d'affronter la situation. Tu l'as laissé me faire ça.

— Quand j'ai vu qu'il ne donnait pas de nouvelles après notre rendez-vous, j'ai cru qu'il s'était calmé. Je savais combien il tenait à acquérir notre entreprise.

— Pas assez pour s'attacher à notre famille après une escroquerie aussi flagrante, fit-elle en fermant les yeux, car le monde s'écroulait autour d'elle et elle aurait voulu ne pas être témoin de cette destruction.

Mia quitta son bureau ce soir-là en proie à un tumulte d'émotions obscures. Colère, incrédulité, panique et désespoir. Fragilisée, elle chercha refuge dans celle pour laquelle il existait un exutoire facile.

La colère.

Contre Luca.

Luca qui *connaissait* la vérité et qui avait refusé de la lui dévoiler, alors qu'elle l'avait supplié de le faire à maintes reprises.

Il avait même tenté de rendre cela noble !

Une bouffée de rage s'empara d'elle en pensant à cet homme qui lui avait fait l'amour et qui l'avait traitée avec tant de douceur, comme s'il cherchait à la protéger en gardant ce secret plutôt que d'avoir le courage d'affronter la vérité.

Au fond, ce n'était peut-être pas juste de blâmer Luca. Que lui devait-il, après tout ? C'est l'amour qu'elle éprouvait pour lui qui la rendait exigeante à son égard. Pourtant, cela lui faisait plus mal encore que la fois où il l'avait abandonnée dans cette chapelle car à présent elle *l'aimait* et il la laissait tomber. Plutôt que de rester à ses côtés, comme s'ils formaient une équipe. Unis.

Un sanglot s'échappa de la poitrine de Mia. Ils n'étaient pas unis et ne le seraient jamais.

Alors, plutôt que de céder à la tristesse immense qui menaçait de l'engloutir, elle se concentra sur sa colère. Et avant même de s'en rendre compte, elle démarra sa petite Fiat rouge et prit la direction de la villa de Luca.

Le soulagement envahit Luca quand il vit Mia arriver. Elle lui avait demandé à plusieurs reprises de la laisser tranquille et il s'était efforcé de l'écouter. Il n'y avait rien d'autre à faire et il le savait. Ils n'avaient aucun avenir possible ensemble.

Mais quand la jeune femme se présenta devant sa porte et qu'elle l'ouvrit avec la clé qu'elle avait gardée, une émotion nouvelle naquit au creux de sa poitrine. Il faillit courir vers elle et la prendre dans ses bras tellement elle lui avait manqué, mais il parvint à se retenir.

Mia referma la porte et le fixa d'un air furieux, plus belle que jamais et tremblant de la tête aux pieds.

— Va au diable, Luca Cavallaro. Je te déteste. Je te déteste de toute mon âme.

Il se figea. C'est bien la dernière chose qu'il s'attendait à entendre. Heureusement qu'il ne s'était pas approché trop près car, ainsi, il pouvait garder une attitude parfaitement neutre et cacher sa surprise et sa... souffrance, oui, un sentiment qu'il ignorait être capable de ressentir.

Mais au fond, lui-même ne l'avait-il pas un peu détestée ce matin en lisant sa lettre d'adieu ? Quand il s'était réveillé, Mia n'était pas là. Après la nuit qu'ils avaient vécue, après tout ce qu'il lui avait confié.

La colère faisait vibrer le corps de la jeune femme.

— Je ne sais pas ce qu'il s'est passé mais je te suggère de m'expliquer sans tarder pourquoi tu es si bouleversée, déclara-t-il calmement.

— Sérieusement ?

Luca patienta sans la quitter des yeux, alors Mia inspira profondément et ses yeux lancèrent des flammes.

— Tu *savais*.

Mais avant qu'il ne puisse répliquer, elle reprit la parole.

— Tu étais au courant des difficultés que mon père traversait et tu ne m'en as pas parlé. Tu savais à quel point c'était grave et tu n'as rien dit, même quand tu en as eu l'occasion. Même quand je t'ai supplié de le faire. Comment as-tu pu me cacher ça ? Après... *tout* ce que nous avons partagé ?

Les mots de Mia atterrirent comme des flèches contre sa poitrine mais Luca refusa de les laisser passer. Il comprenait sa colère et son chagrin, mais il n'en assumerait pas la responsabilité.

— Ce sont les erreurs de ton père, pas les miennes, déclara-t-il à voix basse.

— Comment peux-tu être aussi insensible ? Te tenir là devant moi et désigner les coupables d'un ton froid.

— N'est-ce pas exactement ce que tu es en train de faire ?

Luca fronça les sourcils. Pourquoi se disputaient-ils ? Il était clair que Mia était bouleversée et qu'elle cherchait la bagarre, mais à quoi bon attiser les flammes de sa colère ? Il aurait mieux fait de la prendre dans ses bras et de lui offrir son réconfort. Pourquoi se contentait-il de la regarder d'un air impassible, comme s'il était dénué d'émotions, alors qu'il savait maintenant que ce n'était pas le cas ?

— J'ai mes raisons, explosa-t-elle en s'approchant de lui tout en secouant la tête. C'est à cause de toi...

— Je serais responsable de la malhonnêteté de ton père ? Vraiment ?

Elle le fixa d'un regard plein de rage, et le ventre de Luca se noua. Pourquoi avait-il prononcé ces mots insensibles et cruels ? Lui aussi était en colère à présent.

— Tu te moques de lui en plus ? fit-elle d'une voix tremblante. Tu es vraiment une ordure. Comment as-tu pu me cacher cela ?

— Ton père aurait dû t'en parler. C'est contre lui que tu es fâchée, pas contre moi.

— Je suis en colère contre lui, mais plus encore contre toi.

Elle s'interrompit quelques secondes avant de reprendre.

— As-tu une idée de ce qu'il a fait ? C'est probablement un acte criminel, Luca. Si les parents de Lorenzo le découvrent, non seulement mon père sera ruiné, mais il ira sans doute en prison. Et moi aussi peut-être, si les di Angelo me prennent pour sa complice comme tu l'as fait. Comment as-tu pu le savoir et ne pas me prévenir ?

Luca eut l'impression de recevoir un coup de poing dans le ventre. Pas une seconde il n'avait imaginé que Mia puisse payer pour les crimes de son père.

Pourtant, elle avait raison. S'il avait conclu naturellement qu'elle faisait partie du complot, pourquoi un tribunal n'en ferait-il pas de même ? Des preuves pourraient la disculper, mais il y avait un risque que cela ne suffise pas.

Les mains tremblantes et conscient que son contrôle menaçait de lui échapper, Luca se tourna vers le bar sous le prétexte de se servir un verre de scotch. Dieu sait qu'il en avait besoin en cet instant. Il avala le whisky d'un trait, puis il se tourna lentement vers Mia.

— Je ne permettrai pas que cela arrive.

— Tu crois peut-être que tu auras le pouvoir de l'empêcher ? Tu te prends pour Dieu ou quoi ?

Une larme glissa sur la joue de Mia, et Luca la fixa, la poitrine serrée dans un étau.

— C'est tellement fou, gémit-elle. Je ne comprends pas ce qui a pu lui passer par la tête. C'est comme si le stress l'avait privé de raison. Tu crois que ça pourrait jouer en sa faveur ? ajouta-t-elle en lui lançant un regard désespéré. C'est un homme bon, Luca, je le sais. Tout cela ne lui ressemble pas.

Les larmes ruisselèrent sur le beau visage de la jeune femme et il eut un mal de fou à se retenir de la prendre dans ses bras.

Bon sang, il avait tellement envie d'elle. Entièrement. Il voulait Mia pour lui seul. Pour combien de temps, il l'ignorait, mais une chose était sûre, il n'était pas prêt à se séparer d'elle pour l'instant. D'autant plus qu'elle avait besoin de lui pour l'aider à se sortir de ce guêpier.

Et tout à coup, sortie de nulle part comme un éclair dans un ciel bleu, la solution lui apparut. Limpide. Évidente.

— Je sais comment régler le problème.

— C'est impossible, sanglota Mia. C'est allé trop loin. Oh ! mon Dieu, pourquoi ne m'en a-t-il pas parlé ?

Luca ne se laissa pas le temps d'analyser son idée. Il avait pour habitude de se fier à son instinct, quitte à prendre des risques. Cela s'avérait presque toujours payant. Mia et lui n'avaient pas les mêmes attentes au sujet de la vie, mais à court terme, leurs objectifs étaient communs.

— Accepte d'être mienne et j'arrangerai tout, Mia.

Elle secoua la tête et lui lança un regard confus.

— Je ne comprends pas.

Une sirène retentit au fond de son esprit mais Luca décida de l'ignorer.

— Reste ici avec moi. N'épouse pas Lorenzo. Oublie-le. Sois à moi et je résoudrai votre problème.

Mia se mordilla la lèvre et le fixa de ses yeux immenses. Une bulle d'euphorie monta en lui. La victoire était à portée de sa main. Il avait trouvé le moyen d'avoir la jeune femme dans sa vie, dans son lit. Sans avoir besoin de se cacher.

— Votre entreprise est dans un état critique mais, depuis douze mois, j'ai eu le temps d'élaborer des stratégies qui permettraient de la remettre à flot. Je vais honorer les termes initiaux de notre accord et proposer un partenariat à ton père.

— Tu veux dire que… tu comptes m'épouser ?

Le cœur de Luca fit un bond. L'année précédente, quand ce mariage était une simple clause, il l'avait acceptée sans difficulté. Mais maintenant qu'il connaissait Mia, maintenant qu'il lui avait fait l'amour encore et encore, la simple idée de l'épouser lui semblait inimaginable. Car ce qu'il ressentait pour elle menaçait à tout instant de le submerger. C'était hors de question. Il n'y aurait pas de mariage.

— Non, répondit-il d'un ton résolu. Je ne suggère pas de t'épouser. Seulement que tu annules tes fiançailles avec Lorenzo.

Mia pâlit, mais Luca était trop obsédé à l'idée de sa victoire imminente pour en tenir compte.

— Il n'est pas nécessaire de faire quelque chose d'aussi stupide, reprit-il. Nous sommes au XXIe siècle, comme tu l'as dit. Je vais rembourser les dettes de ton père et veiller à ce que sa société redevienne solvable, puis je commencerai à la reconstruire entièrement. Dieu sait que j'ai besoin de ce type de défis en ce moment.

La jeune femme tressaillit et hocha lentement la tête. Était-ce sa manière d'indiquer qu'elle était d'accord ?

— Et je resterai ici, avec toi ? murmura-t-elle.

— Oui.

— Jusqu'à quand ?

— Je n'ai pas de boule de cristal, répliqua-t-il. Jusqu'à ce que nous décidions ensemble que cela ne marche plus entre nous.

— Comme cela paraît simple, déclara Mia en croisant les bras sur sa poitrine, mais il devina que ses mots étaient en contradiction avec la tension qui émanait de son corps.

Tout compte fait, la victoire n'était peut-être pas aussi assurée qu'il l'avait cru.

— Tout aussi simple, sinon plus, que notre mariage l'aurait été, précisa-t-il d'un ton prudent.

— Mais tu oublies un point important, nota-t-elle en plissant les yeux.

— Je ne crois pas, répondit Luca en ignorant le signal d'alarme qui retentissait dans son esprit. Tu veux continuer à me voir, n'est-ce pas ? Et ton père a besoin d'être renfloué, sinon il risque une condamnation. Alors, reste là, annule ton mariage, et je débloque immédiatement les fonds nécessaires pour que votre entreprise soit sauvée.

Mia le regarda sans un mot et les larmes recommencèrent à couler le long de ses joues.

— Je ne veux pas rester avec toi dans ces conditions.

Luca demeura immobile. Il était convaincu qu'il allait gagner. Son plan ne pouvait que marcher. Contrairement à ce qu'avait fait Carrick Stone avec sa mère, il ne ferait pas de mal à Mia puisqu'il était totalement transparent sur ses attentes.

— Ce n'est pas suffisant, reprit-elle.

Comment ? Il lui offrait plus qu'il n'avait jamais offert à quiconque et cela ne lui suffisait pas ?

— Et pourtant, *lui* te suffit ?

La jeune femme le fixa d'un air de défi.

— Lorenzo n'a rien à voir avec ça.

— Comment peux-tu dire ça ? C'est l'option que tu as choisie, non ? Tu comptes l'épouser et croiser les doigts pour que cela se passe bien, ajouta Luca en saisissant ses bras pour l'attirer contre lui. Tu veux coucher avec lui en espérant tomber enceinte rapidement pour qu'il ne porte pas plainte contre ton père en apprenant la vérité. Est-ce vraiment ce que tu désires faire de ta vie, Mia ?

— Bon sang ! s'écria-t-elle en le repoussant. Tu crois que je voulais tout ça ? Ressentir cela pour toi et me laisser prendre ainsi dans cette histoire ? Rien ne va. Tout est mal.

— C'est faux, répondit Luca en la faisant reculer jusqu'à ce qu'elle se retrouve dos au mur du salon. Tu sais que c'est la bonne solution. Tu voudrais me détester de te l'avoir proposée mais, au fond de toi, tu sais que j'ai raison. Et je me montre honnête avec toi, pour que tu n'aies rien de plus à en attendre.

Il marqua une pause avant de reprendre.

— Reste. Je t'offre la formule idéale. Tu n'as qu'à me dire oui et je m'occupe du reste, *cara*.

Mia demeura silencieuse un moment et Luca pria pour que ce soit bon signe. Hormis la tristesse qu'il lisait dans son regard, l'expression de la jeune femme était impénétrable.

— Tu es à moi, Mia. À moi seul. Est-ce que tu comprends ?

Et sur ces mots, il plaqua sa bouche contre la sienne, pris d'un instinct de possession farouche et plus puissant que tout ce qu'il avait connu dans sa vie.

10

En théorie, une personne ne pouvait appartenir à une autre, Mia le savait. Mais d'un autre côté, n'avait-elle pas appartenu à Luca dès l'instant où ils s'étaient rencontrés ?

Sa proposition brûlante résonnait encore à ses oreilles et elle souffrait, partagée entre la tentation de l'accepter et celle de se rebeller à l'idée d'être vendue à lui.

Pour de l'argent.

Car s'il avait tenu à elle, s'il avait ressenti ne serait-ce qu'une once d'amour à son égard, jamais il n'aurait osé suggérer un tel marché.

Mais l'amour était un concept étranger à Luca.

Il était un brillant homme d'affaires, et il excellait dans les jeux de pouvoir et d'acquisition, mais il se protégeait farouchement de tout sentiment. Pour lui, l'amour était synonyme de vulnérabilité. Mia n'était qu'une simple marchandise à acquérir, aussi longtemps qu'il lui conviendrait de la posséder, et ensuite, il s'en débarrasserait, comme n'importe lequel de ses biens dont il n'avait plus l'utilité.

Cela la détruirait.

Elle ne se relèverait pas de cette blessure.

Parce que chaque jour passé en sa compagnie, chaque minute où Luca la tiendrait dans ses bras, Mia savait que son cœur serait de plus en plus à lui.

Et qu'en était-il de la question des enfants ?

Même s'il y avait une infime possibilité pour que Luca revienne sur sa décision et lui demande d'être à lui non pas pour un temps déterminé mais pour toujours, jamais il ne changerait d'avis à ce sujet.

Il avait été catégorique : il ne serait pas père.

— Je ne peux pas, murmura-t-elle en gémissant, car le simple fait d'être serrée contre Luca lui faisait oublier toutes les raisons sensées qu'elle avait mentalement énumérées.

— Si, tu le peux. Je vais m'occuper de tout, Mia. Je vais résoudre ce problème.

« Si tu restes. »

Elle entendit la condition sans qu'il ait besoin de la formuler à nouveau.

Après tout, elle était fautive. Elle lui avait suggéré la veille qu'il était capable de tout réparer, et cette déclaration était montée à la tête de Luca. Mais pas dans le bon sens.

Mia chercha les mots justes pour le lui expliquer mais, alors, il l'embrassa à nouveau, entrouvrant ses lèvres avec sa langue pour aller chercher la sienne, et elle perdit tout sens de la réalité. Prise d'une rage incontrôlable qui mêlait le désir fou qu'elle éprouvait pour lui à l'espoir insensé qu'il puisse *effectivement* la sauver, elle s'abandonna à lui avec ardeur.

Et si le plus gros problème auquel elle était confrontée était Luca lui-même ?

Tout ce qu'il suggérait était terrifiant car Mia savait qu'elle se perdrait en l'acceptant.

Le fait de savoir qu'il l'avait achetée, même pour un montant indécent, serait insupportable à terme. Alors qu'elle l'aimait, elle finirait par le détester et se détester elle-même.

La vie était complexe, Mia l'avait appris avec le temps. Tout n'était pas noir ou blanc. Dans la plupart des situations, il existait des nuances de gris.

Mais pas dans celle-là. Mia devait agir selon ce qui lui semblait être la bonne décision, sinon elle ne pourrait plus se regarder en face.

Avec un ultime sanglot, elle parvint à s'écarter de Luca et elle le fixa comme s'il l'avait poignardée, sa poitrine se soulevant en rythme avec son souffle court.

— Arrête ! cria-t-elle d'une voix tremblante. Ne me touche pas. Ne me demande plus ça, je t'en supplie.

Et quand il tenta de s'approcher d'elle, elle leva une main vers lui pour l'empêcher d'avancer.

— Arrête ! répéta-t-elle faiblement.

Cette fois, Luca l'écouta et se figea, mais ses yeux lançaient des étincelles.

Mia lutta pour reprendre son souffle et remettre de l'ordre dans son esprit.

— Ce que mon père a fait est stupide, finit-elle par murmurer avec difficulté. Je n'arrive toujours pas à comprendre comment il est arrivé à se mettre dans un tel pétrin. Mais je n'accepterai pas ta proposition, Luca.

— Pourquoi ?

Elle secoua la tête, furieuse.

— Tu ne comprends vraiment pas ? Ne vois-tu pas à quel point ton offre nous rabaisse et comme elle est humiliante par rapport à ce que nous avons partagé ? Tu es le seul homme avec qui j'ai fait l'amour, le seul qui m'ait jamais touchée, et maintenant, tous les souvenirs que j'ai de toi seront salis par ce que tu as dit ce soir. Et par ce que tu penses clairement de moi.

Elle s'interrompit, attendant qu'il réagisse, mais voyant qu'il restait immobile et silencieux, elle soupira avant de reprendre la parole.

— Tu as vraiment cru que tu pourrais m'acheter ? Et pour quoi ? Un peu plus de temps ensemble ? Quelques semaines, un mois peut-être. Et ensuite, que m'arrivera-t-il quand tu auras décidé que tu en as assez de moi ? Comment pourrai-je reprendre ma vie comme si de rien n'était en sachant que je me suis vendue à toi pour sauver mon père ?

Mia comprit que ses paroles l'avaient touché car Luca pâlit légèrement et il plissa les yeux. Elle s'écarta de lui et marcha jusqu'à la porte.

— Je ne suis pas à vendre, déclara-t-elle en relevant le menton d'un air fier pour le fixer une dernière fois.

Elle était arrivée furieuse et partait dévastée, mais elle savait que c'était la voie à suivre. Si elle restait plus longtemps, Luca risquait de l'embrasser à nouveau et, alors, elle n'aurait plus la force de le quitter. C'était maintenant ou jamais.

Mais Luca n'était pas homme à être quitté. Et encore moins par Mia. Hors de question de la laisser partir sans avoir résolu ce problème. Et sans avoir... quoi ? Il ne pouvait pas la forcer à rester. Il lui avait offert plus de lui-même qu'il n'aurait cru être capable de le faire.

Et il avait essayé de proposer une solution face à la situation délicate dans laquelle elle se trouvait.

À quoi cela servirait-il de la poursuivre ?

Peut-être à rien, mais cela ne l'empêcha pas de se ruer jusqu'à la porte d'entrée qu'il ouvrit avant de s'avancer dans la rue sous le soleil encore chaud de l'après-midi.

— Mia, attends ! cria-t-il d'une voix autoritaire.

La jeune femme se figea un instant sur le trottoir, puis elle reprit résolument son chemin en fouillant dans son sac, sans doute à la recherche de ses clés de voiture.

Luca la rattrapa alors qu'elle atteignait sa petite Fiat.

— Arrête, fit-il.

Il était à court de mots, submergé par la frustration. Pourquoi partait-elle ?

— Non, répliqua Mia avant de regarder autour d'elle d'un air inquiet, et il se souvint à quel point elle craignait d'être aperçue avec lui.

Eh bien, n'était-ce pas le but de sa proposition ? Pouvoir vivre leur relation au grand jour ?

— Reviens avec moi à la maison, dit-il plus doucement. Il fait chaud et tu es en colère. Viens boire un verre d'eau. Ou te rafraîchir dans la piscine. Prends le temps de réfléchir à mon offre.

Les yeux de Mia se posèrent sur lui et elle fronça les sourcils en secouant la tête. Puis elle se pencha vers la portière de sa voiture.

— Même si je passe des centaines d'heures à y songer, je ne changerai pas d'avis. Ce n'est pas suffisant, je te l'ai dit.

— Mais alors que veux-tu, Mia ? Plus d'argent ? De vêtements ?

Elle se redressa et lui lança un regard horrifié.

— À quel moment t'ai-je donné l'impression d'être le genre de femme que l'on peut acheter ?

Tout allait de travers. Ce n'est pas ce que Luca avait voulu dire. Leur relation existait bien évidemment en dehors de tout accord financier. Luca désirait simplement qu'elle reste.

— Ma mère a été détruite par un homme qui n'avait pas été honnête avec elle, murmura-t-il d'une voix rauque. J'essaie juste de t'annoncer les limites de ce que je peux te donner… pour que nous sachions tous les deux où nous en sommes.

— Je sais où j'en suis, répliqua Mia d'une voix tremblante.

Elle ajusta la bandoulière de son sac à main et, remarquant un couple âgé qui venait de tourner dans la rue, elle se tendit et reporta son attention sur Luca.

— Je m'en vais. Maintenant. Ne me suis pas. Ne m'appelle pas. Laisse-moi juste partir…

Il devait le faire. Mia avait été suffisamment claire sur le fait qu'elle ne voulait pas de sa proposition, alors quel autre choix avait-il ? Pourtant, chaque fibre de son être se révoltait contre cette décision. Et tandis qu'il la regardait s'éloigner dans sa petite voiture, Luca eut l'étrange sentiment qu'un point important lui avait échappé. Quelque chose qu'il aurait pu dire et qui aurait fait changer d'avis la jeune femme. Mais Luca Cavallaro, avec tous les événements qui l'avaient façonné et avaient fait de lui ce qu'il était, ne pouvait comprendre le seul cadeau que Mia attendait de lui. Et qui l'aurait convaincue de rester. Pas pour un mois, mais pour la vie.

— Tu es venu.

Luca s'était attendu à trouver Carrick Stone affaibli, mais il n'avait pas été préparé à la vision de son père si frêle, blotti dans son grand lit d'hôpital, avec ses yeux perçants qui le suivaient à travers la pièce.

— Tu as l'air presque aussi surpris que moi.

Son père lui adressa un sourire en guise de réponse. Adolescent, Luca s'était longtemps efforcé d'impressionner cet homme qui lui faisait penser à un géant. Jusqu'à ce qu'il comprenne que c'était une mission impossible.

— J'en suis heureux, déclara Carrick.

Luca hocha la tête. Mille pensées se bousculaient dans son esprit et, pourtant, il se sentait engourdi depuis que Mia avait quitté sa vie. Cet état de quasi-torpeur était sans doute un mécanisme de protection que son cerveau avait érigé pour l'empêcher de ressentir quoi que ce soit. Car, s'il se laissait aller aux émotions, Luca serait aussitôt submergé, il le savait. L'instinct de conservation avait pris le pas sur le reste. Il ne parlait pas d'elle et ne pensait pas à elle. Encore moins à son mariage imminent avec Lorenzo di Angelo, et c'était préférable car cette idée le rendait fou.

— Assieds-toi.

Même maintenant, la voix de son père était autoritaire. Luca hésita une seconde à refuser, puis il s'installa dans le fauteuil en cuir qui se trouvait près du lit.

— Comment vas-tu ? lui demanda-t-il bien qu'il connaisse la réponse à cette question.

— Je suis en pleine forme, répliqua Carrick en lui lançant

un regard pétillant qui le fit sourire malgré lui. Max t'a parlé au sujet de mes affaires ?

Luca hocha lentement la tête, si bien qu'il ne vit pas son père tendre la main. Ce n'est que lorsqu'il sentit ses longs doigts pâles s'enrouler autour de son avant-bras qu'il remarqua son geste.

— Je veux que tu fasses partie de l'entreprise, murmura le vieil homme avant de marquer une pause, hésitant. J'y tiens depuis longtemps. Je ne savais tout simplement pas comment te l'expliquer.

— Tu me l'as déjà dit, répliqua doucement Luca, surpris de trouver ce contact sur son bras apaisant.

— Oui, mais je ne t'ai pas expliqué pourquoi, précisa Carrick avant qu'une quinte de toux ne l'interrompe.

Luca patienta, le cœur serré face à la souffrance évidente de son père.

— Quand tu es parti, j'étais tellement en colère, Luca. Ma fierté en avait pris un coup. Tu étais mon fils et je t'avais donné tout ce que je possédais, mais tu n'en voulais pas.

Luca serra les dents. Cette phrase résonnait si familièrement avec ce qu'il avait ressenti ces derniers temps qu'il se redressa sans même s'en rendre compte. Peut-être Carrick prit-il son geste pour un rejet car il enleva son bras et le reposa sur la couverture.

— Il m'a fallu beaucoup de temps pour comprendre que tout était de ma faute, reprit le vieil homme. C'était plus facile de te blâmer, ajouta-t-il avec un petit rire empli de tristesse. Mais je me trompais. Je n'ai jamais su comment me comporter avec toi. Avec Max, c'était différent. Je l'ai vu naître. Je sais que j'ai échoué avec lui aussi, mais jamais je n'ai eu peur de lui comme j'avais peur de toi.

— Peur de moi ? répéta Luca, confus.

— Quand tu es arrivé, tu étais tellement en colère. Et si triste. Tu me reprochais tout.

Alors qu'il se retenait de déclarer à Carrick que celui-ci l'avait bien mérité, les douces paroles de Mia résonnèrent soudain dans son cœur et Luca tressaillit.

« Les gens ne sont pas simplement bons ou mauvais. »

Luca avait simplifié les choses à l'excès en faisant de son père un personnage méchant. Adolescent, il n'avait vu que ses erreurs et n'avait pas fait preuve de compassion envers les conséquences néfastes que ces dernières pouvaient avoir eues sur lui. Carrick ne l'avait jamais montré à ses fils, mais cela ne signifiait pas qu'il n'avait pas souffert de son côté.

Luca tendit la main et la posa sur celle de son père. Il frissonna malgré lui car, l'espace d'un instant, il avait eu l'impression que Mia était avec lui, guidant son geste avec sa bonté et sa douceur caractéristiques. La sagesse de la jeune femme avait contribué à le changer profondément, il s'en rendait compte à présent.

La gorge nouée, il détourna le regard pour reprendre le contrôle de ses émotions.

— Je sais que je n'ai aucun droit de te demander cela, Luca, reprit le vieil homme d'une voix éraillée. Tu as tes propres affaires. Mais je veux que tu saches que je suis infiniment fier de toi. J'ai voulu te le dire à maintes reprises ces dernières années, mais mon stupide orgueil m'a toujours retenu. Je suis heureux d'avoir pu le faire avant... la fin.

Les yeux de Luca se mirent à piquer et il les frotta d'une main.

— Si tu ne veux pas garder ta part de l'entreprise, cède-la à Max. Il est au courant de cette possibilité. Mais nous aimerions tant que tu t'investisses dans cette famille. Cela signifierait... tout pour moi.

Une vague d'émotions profondes s'empara de Luca et il se contenta d'acquiescer car, en cet instant, il aurait été incapable de prononcer la moindre parole.

Apparemment, c'était l'hiver dans la pointe nord de l'Australie, mais ça ne ressemblait guère à l'idée que Luca s'en faisait et il en fut soulagé. La dernière chose dont il avait besoin en ce moment était une météo accordée à son moral. Il n'avait passé que quelques heures à Sydney au chevet de Carrick mais cela avait suffi à ce que certaines de ses visions les plus fondamentales de la vie soient modifiées par sa rencontre avec le vieil homme.

Pourtant, il ne parvenait pas à se débarrasser de son humeur maussade.

L'état de santé de son père l'avait ébranlé plus que prévu, mais ce n'était pas seulement cela. Certaines des paroles que Carrick avait prononcées résonnaient douloureusement avec ses propres sentiments. Son père avait admis que son orgueil l'avait retenu de se montrer honnête avec lui.

Et si c'était l'orgueil qui avait empêché Luca de comprendre et, plus encore, de formuler ce qu'il attendait réellement de Mia ?

Le problème, c'est que lui-même ne le savait pas.

Et puis peu importe. Elle allait épouser un autre homme malgré la proposition qu'il lui avait faite. Mais quels arguments avait-il avancés pour la convaincre de rester, au juste ? Avec le recul, Luca se rendait compte que Mia avait raison. Il avait rabaissé leur histoire en donnant l'impression qu'elle n'était basée que sur une transaction alors que...

Le problème, c'est qu'il était incapable de mettre des mots précis sur la nature de leur relation.

— Tu en veux une ? demanda Max en le rejoignant sur le balcon de la vieille maison en bois, une bière dans chaque main.

Luca prit la bouteille en remerciant son frère d'un hochement de tête, puis il s'accouda à la balustrade qui offrait une vue panoramique sur l'océan Pacifique.

— À quoi penses-tu ? reprit Max.

Luca n'avait pas envie de lui répondre. Depuis son arrivée quelques jours auparavant, il avait évité de mentionner Mia. Pourtant, la jeune femme occupait constamment ses pensées. Elle habitait même ses rêves et son sommeil agité, au point qu'il avait l'impression de vivre un cauchemar permanent car, dès qu'il se réveillait, il tendait la main pour la toucher et elle n'était pas là.

Alors qu'elle aurait pu l'être.

Si Mia avait accepté sa proposition, elle serait avec lui en Australie. Elle découvrirait ce lieu exotique et sa nature aussi belle que contrastée avec son arrière-pays, son *bush* et ses plages sublimes bordées d'immenses arbres à l'allure préhistorique.

Au lieu de cela, elle se trouvait à l'autre bout de la planète, et elle devait probablement faire une insomnie en pensant à la situation désastreuse de son père et à son mariage imminent avec Lorenzo di Angelo.

— Luca ? insista Max.

Mais il ne reçut qu'un grognement en guise de réponse.

— Bon, je vois, reprit son frère du même ton sec qu'il employait généralement pour réprimander sa fille, Amanda. Je t'écoute. Que se passe-t-il ?

Luca se tourna vers Max, le visage fermé.

— Je t'ai laissé tranquille jusqu'à présent parce que je savais que tu étais chamboulé par ton séjour à Sydney, mais il y a autre chose. Si tu commençais par me dire ce qui te met de cette humeur de dogue allemand ? Franchement, je ne t'ai jamais vu dans cet état.

Luca but une gorgée de bière et tourna son regard vers l'océan. Il n'avait pas envie de parler de Mia. Et puis il en était incapable. Il manquait cruellement d'expérience en matière de relations pour pouvoir expliquer son désespoir face à une situation qui lui échappait totalement.

— Commençons par le début, insista Max d'un ton enjôleur. Où étais-tu le week-end dernier ?

À cette évocation, une foule d'images s'imposèrent dans l'esprit de Luca. Mia assise sur le bord d'une table en train de croquer des fraises réchauffées par le soleil. Mia lisant un roman, allongée à plat ventre sur les dalles de la piscine. Mia riant aux éclats tandis qu'ils se promenaient en voiture et que la vision de ses jambes dorées l'empêchait de se concentrer sur la route. Ses yeux immenses, heureux, brillant de mille soleils, et puis orageux et tristes, la dernière fois qu'il les avait contemplés à Palerme.

— Réponds à cette fichue question ! ordonna son frère en le faisant revenir à la réalité.

— J'étais à San Vito Lo Capo.

— Seul ?

Luca pencha la tête en avant tandis qu'une vague de chagrin le submergeait.

— Non, avoua-t-il, le ventre noué. J'étais avec quelqu'un.

Soudain, il ressentit un besoin désespéré de prononcer son nom. Comme une incantation qui le soulagerait et lui permettrait de sortir enfin la jeune femme de son esprit.

— Mia.

Et alors, sans qu'il puisse l'expliquer, les mots s'échappèrent de sa bouche en un flot continu et Luca raconta tout à son frère. Leurs fiançailles, ce qu'il avait découvert et la manière dont il avait renoncé au mariage, puis compris à quel point il s'était mépris au sujet de la jeune femme. La façon dont il l'avait désirée, croyant au début que c'était parce qu'il ne pouvait plus l'avoir et comprenant ensuite que c'était pour ce qu'elle était réellement : celle qu'il avait rencontrée un an auparavant et qui s'était frayé un chemin dans son esprit pour y rester. Car Mia n'occupait pas seulement ses pensées, mais tout son être, comme si elle faisait partie de lui-même. Enfin, Luca détailla à son frère la proposition qu'il avait faite à Mia, désespéré à l'idée qu'elle sorte de sa vie et épouse un autre homme.

— Je vois, se contenta de murmurer Max quand Luca eut terminé et tandis que le soleil se couchait à l'horizon.

Mais alors, la voix d'Amanda retentit de l'intérieur de la maison

— Papa ? *Zio* ?

Le cœur de Luca se serra. *Zio*. Oncle. Il n'avait jamais voulu avoir d'enfant mais il devait reconnaître que sa nièce était un être merveilleux. Comment imaginer la vie sans cette petite fille ?

— Je dois aller préparer le dîner d'Amanda, fit Max en se dirigeant vers le salon.

— Attends, l'interrompit Luca, sa bouteille de bière vide à la main. Tu ne m'as pas dit ce que tu en pensais.

Son frère le considéra un long moment.

— Tu veux vraiment mon avis ?

Luca n'avait pas pour habitude de demander à quiconque son opinion pour ce qui le concernait, mais il hocha lentement la tête.

— Tu sais que je ne suis pas un expert en matière de relations amoureuses, n'est-ce pas ? fit Max en grimaçant.

Il n'avait pas tort. Son union avec la mère d'Amanda avait été vouée au désastre dès le premier jour. Luca avait tenté de le dissuader de se marier, mais Max était catégorique : il allait avoir un bébé et, pour lui, c'était la seule option envisageable. Mais il avait été malheureux. Lauren, la mère d'Amanda, buvait et faisait trop la fête. Elle avait fini par mourir dans un accident de voiture.

— Dis-moi ce que je devrais faire, implora Luca. Je ne peux pas rester comme ça. Bon sang, c'est intenable.

Max le fixa quelques instants en silence puis il pencha la tête en arrière et son rire s'éleva dans l'air du soir.

— Vraiment, tu ne vois pas ? finit-il par déclarer en souriant.

Luca jeta un regard noir à son frère.

— Oublie ce que je t'ai demandé, grogna-t-il.

— Permets-moi de te dire ce qui pour moi semble une évidence, répliqua Max en redevenant sérieux. Mia était contrariée par ta proposition car, ce qu'elle attendait de toi, c'est que tu la demandes en mariage. Pour de vrai, cette fois. Pas pour arranger les affaires de son père mais parce que tu es amoureux d'elle.

Luca secoua aussitôt la tête.

— C'est ridicule. Tu me connais mieux que ça.

— Je sais que tu détestes l'idée d'aimer quelqu'un car cela t'expose au risque d'être rejeté, comme ce que tu as vécu, enfant. Tu étais très jeune quand ta mère est morte, Luca. On t'a tout pris et tu ne t'en es jamais vraiment remis, c'est pourquoi tu repousses tout le monde. Seulement...

Max hésita quelques secondes et secoua la tête en reprenant :

— Seulement, Mia s'est glissée sous tes défenses et, maintenant, c'est fait. Tu es amoureux d'elle. Et elle l'est aussi. C'est stupide et inutilement cruel pour vous deux de continuer à l'écarter comme tu t'y efforces.

Luca fixa l'océan, parfaitement immobile tandis que les mots de Max se frayaient un chemin à travers sa conscience. S'il avait eu jusque-là le moindre doute quant à ses sentiments, l'explosion de joie qu'il ressentit, accompagnée d'un vent de panique, finit de le convaincre.

— Comment sais-tu qu'elle m'aime ? fit-il en se tournant vers son frère, le cœur battant.

— Parce que, si ce n'était pas le cas, Mia n'aurait pas été aussi furieuse en entendant ton offre. Qui était d'ailleurs parfaitement stupide, permets-moi de te le dire. Très en dessous de ce qu'on attend de toi. Une autre preuve manifeste que l'amour t'a fait perdre la tête.

Luca serra les dents, prêt à nier ces allégations fantaisistes, mais il devait reconnaître que son frère avait une fâcheuse tendance à avoir raison quand il s'agissait de lui. Max était la seule personne sur terre dont les opinions comptaient vraiment à ses yeux. Et maintenant, il y avait aussi Mia.

— J'ai vraiment merdé, n'est-ce pas ?

— Oui...

Luca jura dans l'air de la nuit.

— *Zio* !

Il se tourna et aperçut Amanda. Son petit visage afficha d'abord un air sévère et scandalisé avant de s'illuminer.

— Il faudra mettre un dollar dans la boîte à gros mots !

Max adressa un sourire à sa fille.

— Chérie, peux-tu appeler Reg, s'il te plaît ?

— Oui, mais pour lui dire quoi ?

— Qu'il faut emmener Luca jusqu'à la piste d'atterrissage.

— Oh ! non ! s'exclama la fillette d'un ton désolé. Déjà ?

— Oui, répliqua Max d'une voix catégorique. Mais avec un peu de chance, ton oncle reviendra bientôt. Et il ne sera peut-être pas seul, acheva-t-il avec un sourire en coin.

Si seulement c'était aussi simple. Durant le vol de retour vers l'Italie, Luca se creusa la tête pour trouver que dire à Mia pour exprimer le plus clairement possible ce qu'il ressentait pour elle.

Il l'aimait et, pourtant, il était terrifié à l'idée qu'elle puisse le détester pour de bon à cause de ce qu'il avait fait.

Alors que l'avion amorçait sa descente et que ses yeux reconnaissaient les contours familiers de son pays bien-aimé, Luca comprit soudain par quoi il pourrait commencer pour *prouver* à Mia qu'il ne pensait pas un mot du marché qu'il lui avait proposé.

— Vous n'êtes pas sérieux ! s'exclama Gianni Marini, quelques heures plus tard, en repoussant le chèque sur la table. Je ne peux pas accepter.

Luca ne put s'empêcher d'éprouver une pointe d'admiration envers la fierté dont faisait preuve le vieil homme, alors même qu'il se trouvait au bord du gouffre.

— Si, et nous savons tous deux que vous allez le faire, déclara-t-il en se dirigeant jusqu'à la fenêtre. D'ailleurs, ce n'est pas un cadeau.

— Alors de quoi s'agit-il ?

— Il y a un an, j'ai vu le potentiel de votre entreprise et je le vois toujours.

— Vous avez vu aussi sa situation catastrophique, précisa Gianni en se prenant la tête entre les mains. Je vous avoue que je ne sais plus quoi faire…

Le ventre de Luca se noua. Le désespoir du vieil homme était évident, et il sentit une vague de pitié l'envahir. À présent, le regard qu'il posait sur Gianni Marini était semblable à celui de

Mia. Il voyait un être imparfait, mais pas mauvais. Seulement maladroit et imprudent. Les erreurs qu'il avait commises étaient le fruit de son amour pour sa fille et pour l'entreprise familiale dont il avait hérité.

« Même les bonnes personnes peuvent prendre de mauvaises décisions. »

— Mais moi, j'ai la solution, déclara Luca.

— Quelle est-elle ?

— J'ai un marché à vous proposer qui réglera tous vos problèmes, mais ce n'est pas le moment d'en discuter maintenant.

— Vous savez ce que vaut mon entreprise, soupira le vieil homme. Si vous attendez un mois, vous pourrez l'acquérir au rabais. Je vais déclarer la faillite.

Luca se raidit.

— Que voulez-vous dire ?

— La fusion avec les di Angelo est annulée.

Les pensées se précipitèrent en tourbillonnant dans son esprit et Luca eut le sentiment que sa tête allait exploser.

— Et le mariage ?

— Un échec de plus… Mon Dieu, qu'ai-je fait pour mériter cela ?

Luca reporta son attention vers la fenêtre, le cœur battant. Il devait absolument retrouver Mia et lui parler. S'il y avait une chance qu'elle ait annulé le mariage à cause de lui…

Mais non, c'était impossible.

L'hypothèse la plus probable était que Gianni Marini ait repris ses esprits et rompu le marché, entraînant par la même occasion l'annulation du mariage.

— Que s'est-il passé ? ne put-il s'empêcher de demander.

Gianni leva les yeux vers Luca avant de détourner le regard.

— C'est Mia.

— Expliquez-moi cela en détail, je vous prie, murmura Luca en retenant son souffle.

Et le père de Mia lui raconta comment sa fille était venue le voir, avant même de connaître l'état des finances de l'entreprise, en lui annonçant fermement qu'elle n'épouserait pas Lorenzo.

— « Je ne l'aime pas », m'a-t-elle simplement déclaré.

Luca pencha la tête en avant.

— Quand est-ce arrivé ?

— Il y a une semaine.

Donc juste avant qu'elle ne fasse irruption chez lui, furieuse.

— Et c'est à ce moment que vous l'avez mise au courant de la situation désastreuse de l'entreprise, murmura-t-il.

— J'ai voulu la faire changer d'avis, avoua Gianni en pâlissant. C'était tellement égoïste de ma part...

« Les gens désespérés commettent des actes désespérés. »

Et ce soir-là, alors même qu'elle savait qu'elle n'épouserait pas di Angelo et que la société de son père allait faire faillite, Mia n'avait pas hésité à refuser son offre. Elle avait préféré risquer la banqueroute plutôt que d'accepter les conditions de Luca qui l'auraient rendue trop malheureuse...

Soudain, il eut du mal à respirer et il dut rassembler toutes ses forces pour se concentrer sur l'objectif de sa venue.

— Je reprends l'entreprise Marini, décréta-t-il avec un signe de tête déterminé. Et lorsque vous entendrez ma prochaine question, vous comprendrez pourquoi il est tout à fait logique que je le fasse.

Après tout, c'était une société familiale, et c'est exactement ce que Luca avait prévu de devenir avec Mia : une famille.

11

Mia avait toujours eu du mal à dire quel parfum de glace elle préférait. Parfois, c'était la fraise, d'autres fois la noisette, et certains jours, seul le chocolat trouvait grâce à ses yeux. Mais cet après-midi, elle ne fit pas de concessions et opta pour les trois. Elle avait besoin de réconfort.

Elle plongea sa cuillère dans la combinaison des arômes paradisiaques et savoura sa glace en se faufilant dans les rues bondées de Palerme. Elle prenait garde à pencher la tête pour éviter de croiser une connaissance car l'annonce récente par la famille di Angelo de ses fiançailles annulées avait fait grand bruit dans la presse.

Un cauchemar...

Mais c'était sans commune mesure avec la souffrance que Mia avait ressentie en refusant la proposition de Luca. Elle avait alors compris qu'elle le perdait pour toujours. Pourtant, la seule pensée de vivre sans lui lui donnait envie de mourir.

La nuit suivante, elle s'était retournée dans son lit, se demandant si elle était folle d'avoir rejeté son offre.

Celle-ci était humiliante, c'est certain, mais au moins ils auraient été ensemble... et c'était si merveilleux.

Non. Elle aurait été affreusement malheureuse. Savoir qu'à tout instant Luca pouvait décider de l'écarter de sa vie aurait été une épée de Damoclès trop douloureuse à supporter.

Comment avait-il pu lui demander une chose pareille ?

Les larmes qui étaient devenues ses compagnes quotidiennes scintillèrent au bout de ses cils mais Mia ne prit même pas la peine de les essuyer.

Au lieu de cela, elle rajusta ses lunettes de soleil et continua à manger sa glace, espérant que cette douceur sucrée contribuerait à la réconforter, au moins pour quelques instants.

Mia repéra sa voiture, garée près d'une fontaine, sur la place. Elle laissa passer une Vespa qui filait à toute allure, puis elle traversa la route, clés en main.

Éblouie par le soleil et occupée à déverrouiller sa voiture sans renverser son pot de glace, elle ne l'aperçut pas tout de suite. Mais soudain, un mouvement familier attira son attention et elle leva la tête. Luca Cavallaro se tenait debout devant elle. Les mains dans les poches, il la fixait attentivement.

Alors qu'elle était en larmes.

Génial.

On ne pouvait rêver mieux comme situation.

— Mia.

Elle tressaillit en reconnaissant sa voix rauque. Elle était épuisée émotionnellement. Jamais elle n'aurait la force de se confronter à nouveau à lui.

— Luca..., fit-elle en se penchant pour ouvrir la portière. Mais alors, il s'interposa en posant une main sur le capot de la petite Fiat, et elle s'immobilisa, coincée près de son corps puissant.

Mon Dieu, comme c'était bon de le revoir. Mia huma son parfum viril et eut le sentiment d'être au paradis. Elle prit une grande inspiration. Si seulement elle pouvait s'arrêter de pleurer. Si seulement...

— J'ai entendu parler de ton mariage.

Elle cligna des yeux plusieurs fois.

— C'était la bonne décision.

— Je suis heureux que tu l'aies prise.

Mia détourna le regard et concentra son attention sur la fontaine dont l'eau coulait trop fort, éclaboussant le trottoir autour d'eux.

— C'était une torture de t'imaginer en train de te préparer à devenir la femme d'un autre. J'ai pensé à emménager définitivement en Australie.

Elle cessa de respirer, attendant qu'il poursuive.

— Comment aurais-je pu revenir en Italie et être si près de toi sans pouvoir te toucher ?

Mia sentit son cœur se briser.

— Je ne me marie pas mais cela ne change rien, dit-elle tristement. Je ne suis pas à vendre, Luca.

— Tu ne l'as jamais été, répliqua-t-il à voix basse en prenant son menton entre ses doigts pour qu'elle le regarde. Je ne sais pas ce qui m'a pris de te faire cette proposition. J'étais désespéré à l'idée de te perdre et je voulais t'aider. Mais c'était incroyablement stupide de te le présenter de cette façon. Tu n'imagines pas à quel point je suis désolé.

Mia fut envahie d'un soulagement intense en entendant les paroles de Luca. Cela avait été insupportable de penser qu'il ait pu la croire capable d'accepter une telle chose.

— Le problème, reprit-il, c'est que jusqu'à ce que j'arrive à l'autre bout du monde, je n'avais pas bien compris pourquoi j'avais réagi ainsi.

Une goutte de glace fondue atterrit sur son pouce et Mia leva la main pour la lécher. En voyant que le regard de Luca s'était posé sur sa bouche, une nuée de papillons s'élevèrent dans son ventre et elle ne put réprimer un frisson.

— Luca, implora-t-elle. Tu ne peux pas continuer à me faire ça. Venir jusqu'à moi et me laisser croire que…

— Te laisser croire quoi, *cara* ?

— Tu ne peux pas continuer à faire comme s'il y avait encore quelque chose entre nous. Ce que nous attendons de la vie est trop différent, alors cela doit cesser. C'est une torture inutile.

— Et si ce n'était pas vrai, Mia ? Et s'il s'avérait que nos attentes étaient exactement les mêmes ?

Elle secoua la tête.

— Ne fais pas ça ! s'écria-t-elle en serrant son pot de glace comme pour s'accrocher à une bouée de sauvetage.

— Je pensais que je ne voulais pas d'enfant. J'étais même catégorique sur ce point. Mais la vérité, c'est que je n'avais jamais rencontré quelqu'un à qui je tenais suffisamment pour avoir envie de fonder une famille. Aimer me terrifiait. Mais maintenant ? La perspective de vivre avec toi et que tu portes un jour mes enfants m'emplit d'une joie telle que je n'en ai jamais connue. Je ne désire rien de plus au monde. Nous sommes faits pour être ensemble. Tu ne comprends pas ?

Mia secoua la tête en le fixant, confuse. Elle avait le sentiment d'être plongée en pleine folie.

— Mia, écoute-moi, reprit Luca. Je suis amoureux de toi. Ça me terrifie parce que je n'ai jamais été amoureux avant et tout ce que j'ai vu de l'amour m'avait persuadé que c'était un poison inutile. Jusqu'à ce que je comprenne que je serais prêt à braver les feux de l'enfer pour être avec toi, pour crier au monde que je t'aime et pour être aimé de toi, même si ce n'est que pour un court moment. Et si cet amour me détruit parce que tu décides un jour de me quitter, eh bien, cela en aura valu la peine.

Mia le regarda, totalement abasourdie.

— Arrête, Luca. Tu n'as pas besoin de me dire tout ça. Je vais bien. Je vais m'en sortir toute seule, ne t'inquiète pas.

Il se pencha à quelques centimètres de son visage et la fixa d'un regard brûlant.

— Je suis amoureux de toi, Mia. Corps et âme, et pour toujours.

Et sur ces mots, à sa stupéfaction totale, Luca s'agenouilla devant elle en pleine rue, sans tenir compte des passants qui les regardaient avec curiosité.

— Ce que j'aurais dû te dire la dernière fois chez moi, c'est que je ne peux imaginer ma vie sans toi. Cela n'a rien à voir avec une quelconque transaction. S'il doit être question de sauvetage, c'est du mien qu'il s'agit. Mia, tu es tout pour moi. Tu ne quittes pas mes pensées, et ce depuis la première fois que je t'ai vue, il y a an. Je ne le savais pas encore mais je t'aimais déjà, alors.

Elle secoua la tête. C'était impossible.

— Écoute-moi, insista-t-il. J'étais en colère contre toi parce que je pensais que tu m'avais menti. C'était irrationnel. Et quand j'ai appris que tu allais en épouser un autre, j'ai cru devenir fou. Ce n'était pas seulement de la jalousie, mais aussi un besoin impérieux de remettre les choses en ordre entre nous. Et je l'ai fait n'importe comment.

Elle ferma doucement les yeux.

— Pas pour *tout*, murmura-t-elle en souriant. Mon Dieu, Luca, je ne m'attendais pas du tout à entendre ça aujourd'hui.

— Mais es-tu heureuse de l'entendre ? demanda-t-il en lui lançant un regard si plein d'espoir qu'elle acquiesça sans attendre

— Oui, répondit-elle. J'en suis follement heureuse.

Un sourire illumina le beau visage de Luca et Mia eut le sentiment que son cœur allait éclater de bonheur

— Eh bien, tu l'entendras tous les jours, à partir de maintenant. Et j'espère, mon bel amour, que tu accepteras de partager ma vie en devenant ma femme. Épouse-moi, je t'en prie. Dès que nous le pourrons.

Luca étant ce qu'il était, leur mariage eut lieu une semaine plus tard dans une petite église du nord de l'Australie, nichée au cœur de la forêt tropicale, et bercée par le bruit des oiseaux et des vagues.

Contrairement à leur premier mariage qui avait regroupé des centaines d'invités prestigieux, celui-ci ne comptait que quelques intimes. Gianni et Jennifer étaient présents, de même que les deux meilleures amies de lycée de Mia. Le frère de Luca et sa fille ainsi que son père complétaient la petite assemblée. Carrick avait fait le déplacement depuis Sydney et, bien que fragile dans son fauteuil roulant, assis au premier rang de la chapelle, il arborait un sourire lumineux qui sembla si familier à Mia qu'elle en fut troublée.

Max aussi ressemblait étonnamment à Luca et Mia était bouleversée de voir l'amour qui semblait lier les deux frères.

Quant à Amanda, la fille de Max, Mia avait été aussitôt conquise. La fillette de huit ans était tendre, intelligente et drôle. Elle avait beaucoup insisté pour aider Mia à se préparer avant la cérémonie. Elle ferait une merveilleuse cousine, le temps venu.

Étrangement, alors qu'elle avait toujours rêvé d'avoir des enfants, Mia ne se sentait plus aussi pressée qu'avant. Après tout, elle était encore jeune et, surtout, elle n'était pas sûre d'être prête à partager Luca avec quiconque pour l'instant. Ils auraient bien le temps de fonder une famille. Alors en attendant, pourquoi ne pas simplement profiter du bonheur d'être Mme Luca Cavallaro ?

Leur réception de mariage eut lieu dans l'une des fermes perlières de la famille Stone, située près d'une des plus belles plages que Mia ait jamais pu admirer. La maison bénéficiait d'une vue imprenable sur le littoral d'un côté et sur les arbres centenaires de l'autre. Le balcon qui donnait sur l'océan avait été orné de guirlandes lumineuses et on avait dressé une grande table qui leur permit de dîner dehors.

Mia était déjà amoureuse de Luca mais, ce soir-là, elle tomba également amoureuse de cette demeure, de cette famille et de tout ce qui faisait partie de lui.

Et en contemplant ses propres parents si heureux et détendus, elle fut submergée par un sentiment de liberté qu'elle n'aurait jamais pensé connaître. Les Marini étaient imparfaits et, même si elle ne suivrait jamais le modèle de sa mère en matière d'éducation, Mia les aimait. Elle les acceptait tels qu'ils étaient avec leurs qualités et leurs défauts, leurs erreurs et leur tendresse maladroite. Et elle était heureuse de savoir que Luca éprouvait désormais la même chose à l'égard de Carrick. Avec son mari à ses côtés, Mia se sentait puissante. Et elle était entièrement heureuse et comblée.

De retour à Palerme six semaines après leur lune de miel, Luca entreprit une restructuration complète de la société Marini. Il faudrait des années avant que la firme ne retrouve sa gloire d'antan mais, au bout de six mois, les premiers effets positifs étaient déjà palpables.

Huit mois plus tard, l'état de Carrick Stone empira et ses deux fils se rendirent à son chevet pour l'accompagner dans les derniers instants de sa vie. C'est entouré d'amour que le vieil homme rendit son dernier souffle, heureux de cette réconciliation que personne n'aurait pu prévoir un an plus tôt.

L'année suivante, lorsque Luca et Mia se rendirent à la ferme perlière pour l'anniversaire d'Amanda, ils offrirent à la fillette le plus beau des cadeaux : elle allait devenir cousine.

Finalement, Mia était tombée enceinte par accident et ce n'est qu'au bout de quatre mois qu'elle s'en aperçut. La nouvelle fut une source de joie pour tous les deux car ils avaient eu le temps de s'y préparer. Et si Mia avait encore eu des doutes concernant la sincérité de Luca vis-à-vis de son désir d'être père, ces derniers furent balayés en un clin d'œil quand elle vit sa réaction à l'annonce de sa grossesse.

— Luca, tu pleures ?

— Bien sûr que non, Mia Cavallaro, fit-il d'un ton viril en se frottant rapidement les yeux. Maintenant, s'il te plaît, je te prie de t'asseoir et de te préparer à être dorlotée pour les cinq mois à venir.

— Je suis enceinte, répliqua-t-elle en éclatant de rire. Pas malade. D'ailleurs, je te signale qu'hier encore je suis allée faire du surf.

— *Cristo*, s'exclama-t-il en pâlissant. Tu vas arrêter ça pour le moment, d'accord ?

Elle lui adressa un sourire empli d'amour avant de prendre sa main pour la poser son petit ventre.

— Tout va bien se passer, ne t'inquiète pas.

Néanmoins, Luca eut du mal à respirer calmement durant les cinq mois qui suivirent. L'amour qu'il avait libéré en lui s'accompagnait d'une terreur à l'idée que quelque chose puisse arriver à Mia ou au bébé.

Mais ils eurent la chance d'accueillir une fille en parfaite santé quinze jours avant la date prévue. L'année suivante, un garçon rejoignit leur famille, suivi onze mois plus tard d'une deuxième fille. Mia était épuisée mais elle rayonnait de bonheur, et Luca savait qu'elle avait enfin la famille nombreuse et bruyante dont elle avait toujours rêvé. Sa femme lui avait ouvert les yeux sur la vie et, chaque jour, Luca ne l'en aimait que davantage.

Et tandis que, pleinement heureux et comblé, il contemplait sa famille adorée, il se prit à penser à son frère, qui était célibataire depuis la mort de la mère d'Amanda.

Accoudé à la balustrade de son balcon, plus tard cette nuit-là, Luca leva les yeux au moment précis où une étoile filante fendait le ciel d'une traînée lumineuse, l'invitant à faire un vœu.

Mais que pouvait bien vouloir un homme dont tous les souhaits avaient déjà été exaucés, sinon demander qu'un autre trouve le même bonheur que lui ?

Et c'est ainsi que Luca Cavallaro fit le vœu que son frère Max Stone connaisse un jour un amour aussi pur et parfait que celui dont il avait été béni.

Vous avez aimé ce roman ?
Découvrez l'histoire de Max, le frère de votre héros,
dès le mois prochain dans votre collection Azur !